I0655846

O · 95·

CONTES MOGOLS.

TOME TROISIEME.

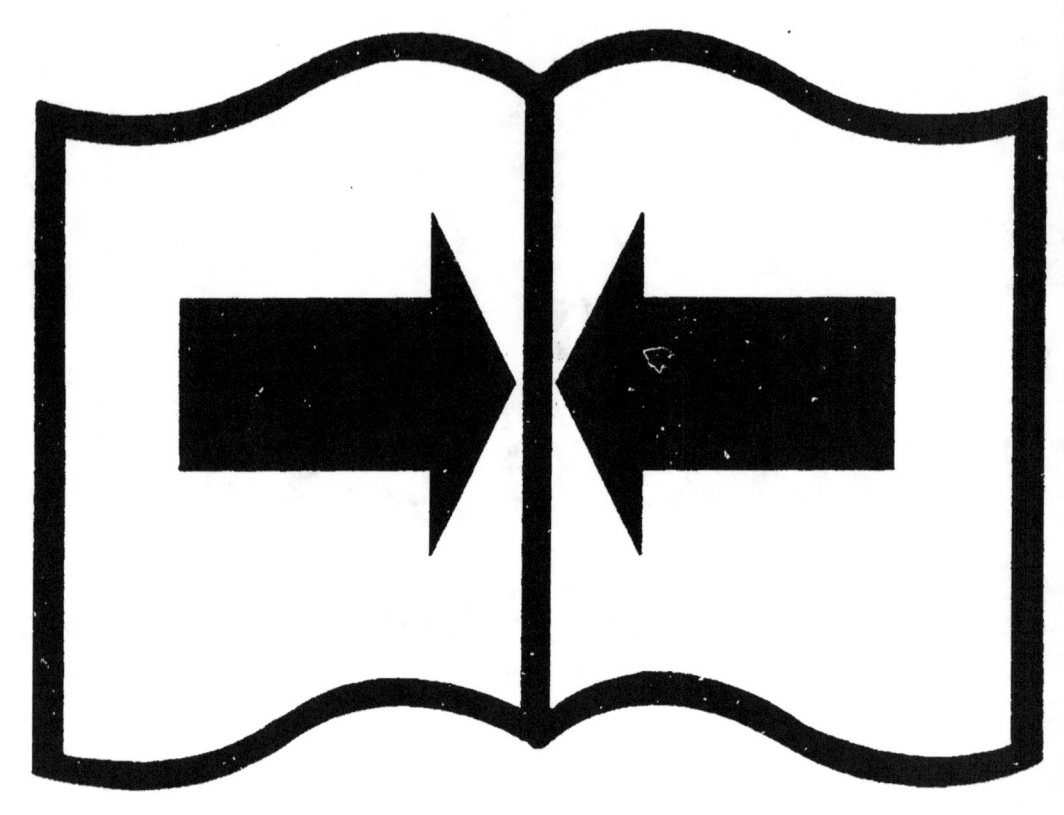

Reliure serrée

LES MILLE

ET UNE

SOIRÉES.

CONTES MOGOLS.

TOME TROISIEME.

A PARIS,

Chez les Libraires Associés.

M. DCC. LXV.

TABLE

Des Hiſtoires contenues au Tome troiſieme.

a

TABLE.

TABLE.

TABLE.

Fin de la Table.

LES SULTANES
DE GUZARATE,
OU
LES SONGES
DES HOMMES ÉVEILLÉS.
CONTES MOGOLS.

LI. SOIRE'E.

uite des avantures de Katifé & de Margeon.

E jettai un cri perçant au
discours de l'esclave, je
devins ensuite plus pâle
ue la mort, & j'allois lui demander la cause d'une maladie si
subite, & en témoigner mon affliction par les discours les plus

Tome III. A

touchans, lorsque me rappellant
mes engagemens, & faisant attention que quelque mal que fût
ma belle veuve, il pouvoit y avoir
encore quelque lieu d'espérer sa
guérison, je retins mes plaintes ;
mais le cri que j'avois fait ayant
fait venir dans mon appartement
ma mere & mes esclaves, en vain
me demanda-t'on la cause de cet
évenement. Je fis signe que l'on
cessât de m'interroger, & sans
perdre un instant, je courus chez
Margeon. Quel fut mon désespoir ! en voyant cette adorable
personne sur un lit, dans un état
où elle paroissoit n'avoir plus que
quelques momens à vivre. Pâle,
défigurée, elle avoit la tête en-
velopée de plusieurs linges ensan-
glantés : Katifé, me dit-elle, d'une
voix mourante, je vais cesser de
vivre, & ce qui augmente mon
affliction, je mourrai sans avoir
récompensé votre amour ; notre

souverain Prophete me punit fans
doute de la dureté avec laquelle
je vous ai traité, & d'avoir voulu
renverfer l'ordre qu'il a établi dans
notre Religion, en fortant de la
dépendance où notre fexe doit
être à l'égard du vôtre : une
des colonnes de la gallerie
qui entoure la platte-forme de
cette maifon, vient de me tomber fur la tête ; les premiers foins
de mes efclaves ont été de m'apporter un prompt foulagement ;
les miens, fitôt que j'ai eu de la
connoiffance de mon état, ont
été de vous envoyer chercher,
pour vous dire un éternel adieu ;
vous étiez digne, mon cher Katifé, d'un fort plus heureux ; ex-
cufez mes caprices, & recevez
mes derniers foupirs dans ces embraffemens.

Il n'eft pas poffible de bien comprendre l'état affreux dans lequel
je me trouvai à un difcours fi tou-

A ij

chant, prononcé d'une voix des plus foible & entrecoupée de fanglots ; je regardai fixement Margeon, j'arrofai mille fois fes belles mains de mes larmes, & ma douleur fut fi violente, qu'y fuccombant , je perdis entiere-ment connoiffance entre fes bras ; je ne puis dire combien dura mon évanouiffement , qu'il y a appa-rence qui fut très-long ; mais je fçais feulement , que quand j'eus repris l'ufage de mes fens , je me trouvai dans un autre apparte-ment , fur un lit de fatin noir , entouré de tous les efclaves de ma maîtreffe ; leur morne triftef-fe , & les larmes que je leur vis répandre , m'annoncerent fa per-te ; je les regardois avec des yeux égarés , & je femblois leur en de-mander des nouvelles , lorfque l'un d'eux prit la parole : Elle ne vit plus, Seigneur , me dit-il , nous venons de perdre la meil-

leure maîtreſſe qu'il y ait dans
tout Aden ; elle en a bien donné
des preuves dans la maladie d'A-
boulaïna : voilà un teſtament
qu'elle a fait en votre faveur ;
vous êtes à preſent notre maître ,
& vous pouvez diſpoſer de tout
ce qui eſt dans cette maiſon.

Je fis peu d'attention aux dernieres paroles de l'eſclave ; je ne
ſongeai qu'à la cruelle perte que
je venois de faire ; je tirai un poignard que j'avois à mon côté ,
& j'allois me l'enfoncer dans le
cœur, lorſque les eſclaves, qui
étoient fort attentifs à toutes mes
actions, me ſaiſirent le bras, me
déſarmerent, & m'empêcherent
d'exécuter mes intentions. Vivez,
Seigneur , me dirent-ils, Margeon vous l'ordonne par cet écrit;
elle n'a point douté de votre ſen-
ſibilité pour elle , mais elle vous
défend d'attenter à votre vie ; &
nous avons reçû d'elle des or-

dres précis de ne vous pas quitter, que nous ne vous voyions dans la difposition de fuivre fes dernieres volontés. Je ne répondis rien à ces difcours, & fuffoqué par mes larmes, je me livrai au défefpoir le plus cruel; je ne puis dire combien je fus dans cette fituation, & fi je retombai dans l'évanouiffement; mais je fçais feulement qu'après avoir pris une taffe de Sorbet que l'on me préfenta dans l'accès d'une toux violente que me caufoit une extrême fechereffe de gofier, je tombai dans un engourdiffement qui dégenera, peu à peu, dans une efpece de fommeil létargique. J'ignore encore la durée de ce fommeil; mais quel fut mon étonnement à mon réveil! de me trouver dans une chambre magnifique, dont l'arrangement étoit d'un goût nouveau & fingulier? Des oifeaux extrêmement rares,

qui rempliffoient des volieres do-
rées, y annonçoient le lever de
l'aurore par mille chants mélo-
dieux ; mais ce qui redoubla ma
furprife, ce fut de me voir couché fur un lit fuperbe, & d'appercevoir à mes côtés l'incompa-
rable Margeon, plus brillante
qu'une pleine Lune, & que tous
les Aftres du Firmament. Je regardai cet évenement comme un
fonge des plus flatteurs : ma belle
veuve n'avoit plus la tête entou-
rée de ces linges fanglans qui lui
couvroient le vifage ; fes cheveux
noirs, tous bouclés & relevés
par des poinçons de diamans,
flottoient fur fes joues, plus ver-
meilles que des rofes ; & je fus fi
émû à la vûe de tant de beautés,
que j'allois, peut-être, demander tout haut à notre grand Prophete, de ne voir jamais la fin
d'un rêve, dans lequel je trouvois
tant de délices, lorfqu'heureufe-

ment Margeon parut se réveiller:
Mon cher Seigneur, me dit-elle,
remerciez l'Envoyé de Dieu , il
veut aujourd'hui couronner vos
peines , & récompenser votre
fidelité ; vous avez passé sans
vous en appercevoir, du sommeil à une mort tranquille , qui
vous met au rang des heureux
Musulmans. Vous voici dans le
lieu de délices que ce saint Prophete promet aux fideles Croyans;
& par une grace toute spéciale
pour vous, j'ai été choisie pour
vous servir de Houri ; mais après
vous avoir traité sur terre avec
autant de sévérité , & vous avoir
pendant si long-tems soumis à
tous mes caprices , dois-je me
flatter que vous m'accepterez
pour votre compagne éternelle
dans ce saint lieu ? Ah mon cher
Katifé, rassurez une tendre amante contre ses justes frayeurs, &
n'usez pas avec elle de toute la

rigueur qu'elle vous a fait éprouver dans Aden.

LII. SOIRE'E.

Suite des *Avantures de Katifé & de Margeon.*

SI j'avois eu lieu d'être surpris
de tout ce qui m'étoit arrivé
jusqu'alors avec Margeon, je le
fus encore plus en ce moment,
de la situation où je me trouvois.
Cependant j'eus assez de présence
d'esprit, pour raisonner ainsi en
moi-même. Qu'est-ce que je ris-
que de garder le silence en cette
occasion ? mon tems n'est pas encore fini ; si ce qui se passe ici
n'est qu'une illusion & une suite
des artifices que l'on a employé
pour m'engager à parler, le moment qui le découvrira, me rendra devant Margeon coupable de

défobéiffance. Si c'eft une réalité, & que je fois véritablement
dans le Paradis de notre Prophete, ma Houry doit être foumife
à toutes mes volontés ; & que je
parle ou non, pourvû que je ré-
ponde à fes empreffemens, elle
ne s'en embaraffera pas.

Pendant que je faifois en moi-
même ce petit raifonnement, je
vis cette belle perfonne très-
émûe ; ah Seigneur ! me dit-elle,
vous héfitez à me répondre : fans
doute, vous ne m'aimez plus,
ou vous voulez me faire payer
avec ufure les mépris que je pa-
roiffois avoir pour vous. Que les
apparences étoient trompeufes !
je vous aimois avec la derniere
tendreffe ; & au moment que je
vous déclare que je vous adore,
feriez-vous affez cruel pour me
traiter avec indifférence ? ah !
mon cher Katifé, je ne pourrois
la foutenir un feul inftant, & fi

dans ma condition préfente, l'on pouvoit mourir, ou rentrer dans le néant, je demanderois cette grace à notre Souverain Prophete, plutôt que de vous voir armer de rigueur contre moi ; répondez-moi donc, mon cher époux ; pourquoi vous obſtiner à un ſilence qui me défeſpere ? Pourquoi me faire languir dans l'attente d'un bonheur que vous avez paru ſouhaiter autrefois avec tant d'empreſſement ?

Les vives ſollicitations de Margeon firent impreſſion ſur mon cœur ; voyons, me dis-je, juſqu'où je pourrai pouſſer cette ſcéne ; je ſçais le véritable moyen de découvrir ſi l'on me trompe, feignons de nous diſpoſer à traiter ma belle veuve de la même maniere que les heureux Muzulmans en agiſſent (à ce que l'on nous aſſure) avec les Houris : Certain de mon fort, je romprai alors le ſilence.

Je n'eus pas plutôt conçu ce projet, que Margeon, qui avoit d'abord reçû sans réfistance de legeres careffes de ma part, lifant fans doute dans mes yeux, les intentions que j'avois d'éprouver s'il y avoit de la réalité dans ce qui fe paffoit en ce moment, fauta en bas du lit, en riant de toutes fes forces, & ayant frappé des mains, quatre de fes efclaves qui attendoient fes ordres à la porte, entrerent dans le lieu où nous étions : Venez à mon fecours, leur dit-elle, il n'a tenu qu'à moi d'être la dupe de cette derniere avanture.

Comme je reconnus en ce moment les efclaves, il ne me fut pas difficile de comprendre l'artifice de la fcéne qui venoit de fe paffer, & je fus le premier à rire du péril que je venois d'éviter en m'abftenant de parler. Vous avez fagement agi dans cette occafion, me dit alors Margeon,

vous auriez fait naufrage presqu'au port : au reste, je ne com-
prends pas comment vous n'avez
pas succombé à cette derniere
épreuve ; & puisque dans les
différentes situations où je vous
ai mis, vous êtes toujours sorti
victorieux des combats que je
vous ai livré, je commence à
éfesperer de réussir dans mes
rojets : Adieu, mon cher Kati-
é, aimez-moi toujours avec au-
ant de tendresse, & ne vous re-
uttez pas pour le peu de tems
ui vous reste ; j'y perdrois à pre-
ent plus que vous, puisque je
uis parfaitement convaincue de
otre amour ; & que vous, vous
norez à quel point je vous aime :
n achevant ces paroles si flatteu-
es, elle m'embrassa avec toutes
es marques d'une véritable paf-
ion, & vous pouvez juger, il-
uſtres génies, que je reçûs fes
carefles d'aufli bon cœur, qu'elle
aroifſoit me les faire.

Je retournai chez moi tranfporté de joie de ce qui venoit de
fe paffer, & de ce que je n'avois
plus que quatre mois à languir
dans l'attente de poffeder tranquillement ma chere veuve. Il eft
inutile que je vous rapporte encore de quelle maniere j'évitai de
tomber dans différens piéges que
l'on me tendit : qu'il vous fuffife
de fçavoir que je commençois à
croire que je pafferois plus en repos le peu de tems qui me reftoit à
fouffrir, lorfque le Roi de Zibith (*a*)

_____

(*a*) *Zibith*., Capitale d'un Royaume de
même nom. Cette Ville eft fituée dans l'Arabie heureufe fur la Riviere de Zibith ; elle eft
grande & marchande ; on tient que la Reine
de Saba qui fut vifiter Salomon, étoit Souve-
raine de ce pays , dont parle *Strabon* fous le
nom de *Sabœa*. Ces peuples nommés Sabéens,
qui ont pris naiffance de *Saba* , fils de *Chus*,
font riches en encens , mirrhe, canelle , bau-
me & autres plantes aromatiques ; ils vivent la
plûpart dans l'oifiveté , à caufe de la grande
abondance des fruits qui croiffent en leur terre
fans y être femés. Ce Royaume n'eft pas éloigné
de celui d'Aden.

ayant fait mal-à-propos quelques
hoſtilités ſur nos Terres, le Sultan
d'Aden réſolut d'en tirer une
prompte vengeance:pour cet effet
ayant fait aſſembler toutes ſes troupes dans une grande plaine ſituée
aux portes de ſa Capitale , il fallut
m'y rendre avec les principaux
Officiers ; mon embarras n'étoit
pas de recevoir les ordres de mes
Supérieurs , s'ils n'avoient regardé que ma ſeule perſonne ; mais
orſqu'ils concerneroient les Su-
alternes , ou les Soldats , il
'étoit pas facile de les faire exé-
uter par ſignes; le Sultan y ſup-
léa heureuſement : m'ayant ré-
onnu dans la revûe qu'il fit de
es Troupes , & informé que je
'avois pas encore l'uſage de la
arole , il eut la bonté de me dire
que me connoiſſant pour un brave
omme , il me diſpenſoit de ſer-
ir dans mon poſte ordinaire , &
u'il vouloit que je combatiſſe à

à ſes côtés. Je reçus avec tranſport une grace auſſi particuliere ;
je me jettai à ſes pieds, & ce bon
Prince fut ſi touché de mon action, qu'il me releva avec toute
la bonté imaginable.

Nous partîmes le lendemain,
& au bout de huit jours nous étant
trouvés en préſence de notre ennemi, il ſe donna un combat des
plus ſanglans. Comme le Sultan
mon Maître m'avoit ordonné de
ne me point écarter de ſa perſonne, je ne le perdis pas un ſeul
moment de vûe pendant l'action;
j'eus même deux fois le bonheur
de lui ſauver la vie ; & ſon cheval ayant été tué ſous lui, je le
remontois ſur le mien, & je le
parois des attaques de ſes ennemis, lorſque je reçus deux coups
d'épée, dont l'un m'ayant percé
la cuiſſe, & l'autre après avoir
paſſé à travers le bras gauche,
pénétroit dans la poitrine, je tombai

bai à la renverse entre les pieds des chevaux. Le Sultan qui s'en apperçut, & qui se défendoit comme un Lion, donna ses ordres pour que l'on me secourût promptement : on m'enleva, & pendant que je fus porté dans une tente voisine où l'on examina mes playes qui se trouverent assez dangereuses, ce brave Monarque anima tellement les siens par son exemple, qu'il remporta une victoire d'autant plus complette, que le Sultan de Zibith y laissa la vie.

Le premier soin du Roi, après la bataille, fut de s'informer en quel état je me trouvois, & ayant ppris que j'étois assez mal, il ccourut à ma tente : Quelles bligations ne t'ai-je pas, mon cher ami, me dit-il en m'embrassant ? & comment puis-je m'en acquitter envers toi ? Songe seulement à te guérir, & sois per-

fuadé qu'il n'eft rien que je ne
faffe pour te donner les marques
les plus fenfibles , & les plus ef-
f ntielles de ma reconnoiffance.

Je reçus le Sultan avec tout le
refpect dont j'étois capable en
l'état où je me trouvois ; & comme mes bleffures étoient trop
confidérables pour que je puffe
être tranfporté à Aden , il me fit
conduire fur un brancard à la
Ville la plus prochaine , & m'y
ayant laiffé deux de fes Medecins , & quatre Chirurgiens , avec
ordre de n'oublier rien pour me
rendre la fanté , il partit pour retourner à Aden. Comme j'étois
logé chez le Gouverneur , non-
feulement je ne manquai de rien,
mais encore on eut tant d'attention pour moi , & je fus traité
avec un fi grand foin , que huit
jours après je fus hors de danger,
& au bout de deux mois en état
de reprendre la route d'Aden.

J'ai lieu de croire que mes bleſſures n'étoient pas indifférentes à Margeon, puiſqu'elle m'envoya au lieu où je reſtai, un eſclave chargé de la lettre la plus vive & la plus paſſionnée , & qu'elle y joignit une bourſe de cinq cens pieces d'or. Je reçus la lettre avec les tranſports les plus marqués ; mais je ne voulus pas accepter la bourſe que je remis entre les mains de l'eſclave.

LIII. SOIRE'E.

Suite des Avantures de Katifé & de Margeon.

CET homme reſta quelque tems auprès de moi , & quand il fut bien ſûr qu'il n'y eut plus rien à craindre de mes bleſſures, il me pria de le charger d'une lettre pour ſa Maîtreſſe ;

mes premiers ordres avoient été
si précis, que je ne jugeai pas à
propos d'écrire, quoique ma belle
veuve m'en donnât la permission;
je fis comprendre par signes à cet
esclave , que je ne pouvois le
satisfaire , mais que j'esperois
bientôt être en état d'aller l'assurer moi-même de toute la reconnoissance que méritoient ses bontés pour moi.

L'esclave partit , & quinze
jours ou environ après son départ,
je me mis en route dans un brancard porté par des hommes , que
les Gouverneurs des Villes , &
principaux Habitans des Bourgs
& Villages , avoient ordre de
me fournir; enfin j'arrivai à Aden,
& suivant les intentions du Sultan, je fus conduit directement à
son Palais. On ne peut exprimer
les caresses que je reçus de ce
Monarque : J'ai de grandes vûes
sur toi, mon cher ami , me dit-

il un jour en m'embraſſant , & je
n'y vois qu'un ſeul obſtacle, c'eſt
le ſilence obſtiné que tu parois
vouloir garder mal-à-propos ; j'ai
trois ſœurs d'une beauté raviſſan-
te , je veux te donner le choix
d'une d'elles , & te faire mon
premier Viſir ; celui qui rempliſ-
ſoit ce poſte a été tué dans notre
dernier combat , & le ſeul Zalvon pouvoit aſpirer à remplir cette
lace , ſi je ne te la deſtinois pas.
l eſt habile, il a vieilli dans les
mplois ; mais j'entens dire qu'il
laiſſe prévenir aiſément, qu'il
e revient jamais de ſes préjugés,
qu'abuſant de ſon autorité , il
altraite mes Sujets : ainſi quel-
u'habileté dont il ſoit pourvû , ce
eſt point là l'homme que je veux
ettre à la tête de mon Royau-
ie ; au contraire , je t'ordonne ,
n cas que tu veuilles accepter ce
ue je te propoſe , de veiller
xactement ſur ſa conduite ; mais

tu fens bien que dans l'état où il paroît que tu veux bien être , je ne puis te confier l'adminiftration de mes Etats : déclare-moi donc par quelques fignes ou autrement, fi ta maladie eft volontaire , ou fi elle ne l'eft pas ; en ce cas , c'eft-à-dire , fi les remedes y peuvent quelque chofe , il n'eft rien que je n'employe pour te rendre l'ufage de la langue , & j'obligerai mes Medecins à épuifer fur toi toute leur fcience.

Il n'eft pas poffible de bien repréfenter & mon étonnement , & mon embarras à la propofition du Sultan ; tout foible que j'étois encore , je me proſternai à fes pieds , & je tâchai de lui faire entendre , que fi j'avois été affez heureux pour lui rendre quelque fervice , j'en étois trop payé par les honneurs dont il m'avoit comblé , & que je n'étois pas digne de ceux qu'il me préfentoit.

Cette nouvelle tranfpira apparemment dans Aden, elle parvint jufqu'aux oreilles de Margeon ; & cette belle perfonne paroiffant appréhender, que las d'un terme fi long, dans des épreuves pénibles qu'elle avoit elle-même caracterifées de purs caprices, je ne fuccombaffe à la tentation de devenir beau-frere de mon Maître, elle m'écrivit la lettre du monde la plus tendre & la plus touchante.

Je vais donc vous perdre, Seigneur, me difoit-elle, & je fens que je vous perds par ma faute. Infortunée Margeon ! Que vas-tu devenir ? Pourras-tu furvivre à un tel malheur ? Ah ! s'il est encore tems, pardonnez-moi toutes mes bizarreries, & rompez des engagemens dont je vous difpenfe : Parlez au Sultan, mon cher Katifé ; montrez-lui cette lettre, racontez-lui toutes vos avantures ; elles lui paroîtront fi extraordinaires, que je fuis

sûre (si vous m'aimez encore) qu'il
ne voudra pas forcer votre inclina-
tion ; mais pourriez-vous ; en faveur
d'une amante insensée, résister aux
offres brillantes qu'il vous fait ? Je
ne puis le croire : Ah ! vous allez
devenir infidele ; mais je mourrai
sûrement avant que d'en être bien
persuadée.

Cette lettre poussa ma patience
à bout : je mis la main à la plume,
dans l'appréhension qu'en cette
occasion, mon silence ne parût
confirmer les craintes de Margeon : j'y justifiai ma conduite de
maniere à lui ôter tout soupçon
d'infidélité de ma part ; je fermai
ma lettre , & j'étois prêt de la
lui envoyer, lorsque refléchissant
que je n'avois qu'un mois au plus
à attendre pour recouvrer l'usage
de la parole, je déchirai en mille
pieces ce que je venois d'écrire,
& ne jugeai pas à propos de risquer de me repentir d'avoir fait
réponse

ʒponſe contre ſes premiers ordres, qui étoient ſi précis.

Pendant que nous étions ainſi
l'un & l'autre dans de cruelles
agitations, le Sultan qui ne per-
doit pas ſes projets de vûe, fit
embler tous les Medecins d'A-
en, & les conſulta ſur ma ſitua-
on préſente; comme ma mala-
ie avoit fait du bruit dans les
mmencemens, il n'y en eut
cun d'eux, (à ce que j'ai ap-
is depuis) qui, perſuadé que
tois muet volontaire, ne dé-
arât que ma guériſon n'étoit pas
e ſa competence. Maſch-Moun,
eut-être plus habile, mieux inſ-
uit, ou ſoupçonnant les motifs
mon ſilence, prit ainſi la pa-
e à ſon tour : Seigneur, dit-il
Sultan, Katiſé, ſelon toutes
s apparences, eſt devenu tout
un coup muet par quelque rai-
n qu'il ſçait ſeul, & que nous
e ſçaurions deviner ; ſi c'eſt un

vœu, il y auroit de l'irreligion à
vouloir l'engager à le rompre, à
moins que votre Iman ne l'en releve, en lui en démontrant l'in-
difcrétion. Si c'eft pour quelque
fujet que nous ne puiffions pas
pénétrer, il eft inutile d'y employer des remedes qui ne font
prefque jamais indifférens, & qui
dans pareille occafion, peuvent
plus nuire que fervir : je ferois
donc d'avis que l'on tâchât par
adreffe de lui faire rompre le filence, & je confeillerois à votre
Majefté de propofer une récompenfe à quiconque en pourroit
venir à bout. Ton confeil eft excellent, reprit le Sultan : fi l'I-
man que je vais lui envoyer, ne
peut parvenir à lui faire contreve-
nir à fon vœu, en cas qu'il en ait
fait quelqu'un, je ferai exécuter
ce que tu viens de propofer.

LIV. SOIRE'E.

Suite des Avantures de Katifé & de Margeon.

SUIVANT les ordres du Sultan, l'Iman vint me voir une
heure après ; il perdit ses peines
auprès de moi ; & ayant compris
par l'obstination de mon silence,
que la Religion n'avoit pas de part
à la situation dans laquelle j'étois,
le Roi d'Aden à qui il en rendit
compte, & qui avoit son projet
fort à cœur, fit aussi-tôt publier
ses intentions par toute la Ville,
& les Crieurs annoncerent de sa
part, que quiconque pourroit
'engager à parler, de quelque
maniere que ce pût être, en re-
cevroit pour récompense cent
mille pieces d'or. Une somme
aussi exhorbitante, & qui faisoit
bien connoître l'affection que ce

Monarque avoit pour moi, mit
tous les Charlatans en campagne :
Il y en eut plus de trente qui pro-
mirent de me guérir radicale-
ment, quoiqu'il n'y en eût aucun
qui ne fût très persuadé qu'il n'en
viendroit pas à bout ; il faut pourtant avouer qu'il s'en trouva un
plus habile, & de meilleure foi
que les autres, & qui se flatta de
me faire parler, en me disant seulement un mot à l'oreille. Il est
vrai qu'il employa un remede qui
auroit dû réussir, si j'avois eu l'humeur interessée : Seigneur, me
dit-il, le Sultan promet cent
mille pieces d'or pour votre guérison, je vois bien qu'elle dépend
de vous seul : partageons cette
somme par la moitié, je vous en
donne cinquante mille, en voilà
ma promesse bien signée ; faites-
y réflexion : c'est une fortune pour
vous & pour moi. Je ne pus
m'empêcher de rire de l'imagina-

tion de cet homme, & pour le dédommager de la perte d'une omme auſſi conſidérable, je lui s préſent d'un diamant que j'à-ois au doigt, & qui pouvoit ien valoir cent pieces d'or; il n fut tranſporté de joie, nre fit des remercimens infinis, & publia a générofité par tout Aden.

Zalvon, qui de ſimple Viſir ubalterne, croyoit mériter de emplir la place de premier Mi-iſtre, par rapport à ſa capacité & à ſon âge, étoit au déſeſpoir que le Sultan eût tant de bonté our moi : comme il voyoit avec douleur, que le grand Viſirat i'étoit deſtiné, en cas que je ecouvraſſe la parole, il faiſoit on poſſible ſous main, pour mpêcher ma guériſon ; & profi-tant d'une indiſpoſition aſſez con-ſidérable du Sultan, il fit annon-cer ſous ſon nom par les Crieurs publics, que ce Monarque donneroit le double de ce qu'il avoit promis , à quiconque opéreroit ma guérison ; mais aussi que celui qui entreprendroit cette cure , sans en venir à bout, auroit la tête tranchée.

Malgré cette severe annonce , l'espoir d'un gain aussi considérable anima cinq ou six malheureux, qui n'ayant pas mieux réussi que les autres , payerent de leur vie la hardiesse qu'ils avoient eu de se présenter.

Comme j'ignorois cette derniere proclamation , & la peine que cet indigne Ministre avoit attachée au défaut de ma guérison , je vivois tranquille dans l'intérieur de mon appartement , lorsque cette tranquillité fut troublée par un évenement , dont le seul récit me fait encore trembler.

Il y avoit huit ou dix jours , qu'aucun de ces Empiriques ne s'étoit présenté devant moi , lors-

que l'on vint me diré qu'un jeune
homme, d'une rare beauté, qui
se faisoit fort de me délier la langue par la vertu d'un Talisman,
demandoit à entrer & à me parler en particulier ; je fis signe
qu'on le fît approcher ; mais que
devins-je, en reconnoissant dans
ce jeune homme l'adorable Margeon ! Katifé, me dit-elle, avec
ne crainte mêlée de respect, je
isque mon honneur, & peut-être
ma vie, pour vous parler ; mais
après le refus que vous avez fait
de répondre à ma Lettre, que ne
dois-je pas entreprendre pour
connoître mon sort, & pour me
conserver un cœur tel que le vôtre ? m'êtes-vous infidele, ainsi
ue je l'entens publier dans Aden?
& acceptez-vous une des sœurs
de notre Sultan pour votre épouse ? Je lui fis entendre que loin
d'avoir changé à son égard, je faisois consister tout mon bonheur à

C iiij

l'aimer, & à être aimé d'elle, &
que je ne recevrois jamais de
bienfaits de notre Monarque, aux
dépens des sermens que je lui
avois fait de l'aimer éternelle-
ment. Ah ! si ce que vous voulez me faire comprendre est vrai,
mon cher Katifé, me dit-elle,
transportée de joie, faites-le moi
donc connoître ; parlez dès ce
jourd'hui au Sultan, déclarez lui
qu'engagé par des sermens terribles, qui vous lient avec moi
d'une maniere indissoluble, vous
ne pouvez profiter de l'honneur
qu'il vous propose. Quand il sera
informé que nos engagemens sont
d'une nature à ne pouvoir se rompre, sans encourir la colere de
notre Prophete, il est trop juste
pour exiger de vous, rien qui
puisse vous deshonorer. Voilà ma
main, mon cher ami, jurez-moi
que vous m'aimerez toujours avec
la même ardeur que vous m'avez

témoignée jufqu'à ce moment ;
ajoutez à ce ferment, que quelque chofe qui puiffe arriver, vous
ne me répudierez jamais ; me
voilà prête à vous époufer auffi-
tôt que vous m'en aurez affurée ,
comme je l'exige de vous , &
que vous aurez fait cette déclaration à notre Sultan ; & je vous
protefte à mon tour par tout ce
qu'il y a de plus facré , que j'abre-
ge les conditions que je vous
avois impofées , & que quoiqu'il
y ait encore dix jours à attendre ,
je ne profiterai point de l'avanta-
ge que je pourrois avoir fur vous,
en vous faifant rompre le filence. Si dans toutes les autres occafions j'ai fait ce que j'ai pu pour
vous faire tomber en faute , il
n'en eft pas de même aujourd'hui;
le tems & les circonftances ne
permettent pas que vous diffe-
riez un inftant à m'apprendre de
bouche vos véritables fentimens ,

& à les faire connoître à notre
Monarque ; comptez donc sur
ma sincerité ; ouvrez-moi entierement vôtre cœur, & ne me
laissez pas languir davantage dans
l'incertitude où je suis. Ah ! Katifé, c'est en ce moment que vous
devez me prouver que votre
amour pour moi, est à l'épreuve
des offres les plus brillantes, &
que plutôt que de m'être infidele, vous vous offrirez à toute la
colere du Sultan.

LV. SOIRE'E.

Suite des Avantures de Katifé & de Margeon.

COMME j'ignorois, ainsi que
je vous l'ai déja dit, la peine
que le Visir Zalvon avoit impo-
sée à ceux qui venoient pour me
soulager dans ma prétendue ma-

ladie, je fis comprendre à Margeon, après l'avoir affurée d'une fidelité parfaite, que ce n'étoit pas la peine de lui défobéir pour fi peu de tems, & que les dix jours qui me reftoient, feroient bientôt paffés; enfuite voulant un peu me réjouir à fes dépens, je lui donnai à entendre, que fuppofé qu'il y eût du vrai dans ce qu'elle venoit de me dire, l'interêt pouvoit bien lui faire jouer le perfonnage qu'elle faifoit; & que le feul efpoir de gagner ce que le Sultan avoit promis pour ma guérifon, le lui avoit fait entreprendre; mais que moins intereffé qu'elle, je ne voulois pas rifquer de perdre fes bonnes graces pour cent mille pieces d'or de plus ou de moins, & que quelque chofe qui pût arriver, je ne parlerois que quand le terme fatal feroit expiré.

Je n'eus pas plutôt fait connoître à Margeon, que j'étois infle-

xible fur ce qu'elle vouloit exiger
de moi , que je vis une extrême
pâleur lui couvrir le vifage ; ah
perfide , me dit-elle , que tu rends
bien peu de juftice à mon amour !
c'eft lui feul qui m'a conduit en
ces lieux ; & fans l'appréhenfion
que j'ai eu que tu ne fuccombaffes
aux offres du Sultan , j'aurois attendu patiemment que l'année
eut été révolue ; mais je vois
bien , ingrat , que l'ambition te
dévore , tu vas devenir beau-
frere de ton maître ; la Sultane
que tu vas époufer , eft fans doute
d'une beauté raviffante , & tu
oublieras bien-tôt entre fes bras ,
l'infortunée Margeon , qui t'eft
devenue indifférente , & peut-
être même odieufe. Je vais donc
perdre la vie , barbare ! ta réfif-
tance à mes volontés me livre à
une mort certaine ; tu n'ignores
pas le fort qui m'attend au fortir
de ces lieux , & tu le vois avec

joie, puifque je ne poffede plus
ton cœur ; tu te repens apparemment de toutes les peines que tu
as fouffert par mes ordres ; tu
m'en fais aujourd'hui un crime,
dont tu te vanges bien lâchement;
tu n'ignores pourtant pas combien
je t'aime ; que dis-je ? à quel
point je t'adore : Ah ! fi je n'avois
reffenti pour toi qu'une paffion
médiocre, je t'aurois époufé il y
a deux ans ; tes défirs auroient
été fatisfaits, & tu aurois peut-
être ceffé de m'aimer fix mois
après ; mais comme ton cœur
m'a paru d'un prix infini , j'ai
voulu te foumettre aux épreuves
les plus pénibles : je croyois avoir
trouvé en toi les fentimens d'un
honnête-homme , d'un homme
qui paroiffoit m'aimer avec une
tendreffe & une fidelité au-deffus
de toute expreffion ; je t'allois
devenir auffi foumife que je t'ai
arue fiere & inexorable ; & dans

l'inftant que je crois toucher à
mon bonheur, non-feulement tu
ceffes de m'aimer, tu me mépri-
fes, ingrat ! & tu deviens mon
bourreau en me livrant toi-même
à une mort infaillible, il ne te
manque, que d'en être fpectateur ; viens cruel, viens me voir
expirer en prononçant encore ton
nom, qui malgré ta barbarie, me
fera cher au-delà même du tombeau ; & par cette inhumanité,
rends-toi autant execrable à la
poftérité, que tu y aurois été illuftre par ta conftance & par ta
fidelité.

Margeon verfoit un torrent de
larmes en me tenant des difcours
auffi touchans, & qui me combloient de joie de croire qu'elle
y exprimoit les véritables fentimens de fon cœur ; mais comme
je l'avois vû jouer des fcénes qui
avoient fort approché de celle-
ci, je la regardois comme le der-

nier artifice qu'elle vouloit employer pour triompher de moi ; quoique je fuffe auffi ému qu'elle me paroiffoit l'être , je reftai ferme dans ma réfolution , malgré les expreffions les plus féduifantes dont elle fe fervit encore , elle ne put me faire rompre le filence ; & fortant pénétrée de la plus vive douleur , elle me laiffa dans une inquiétude inexprimable.

Je commençois à me porter beaucoup mieux , je me promenois fouvent dans un petit jardin qui joignoit à mon appartement ; & à mefure que le terme fatal approchoit , je fentois ma fanté augmenter de momens en momens ; enfin ce jour fi défiré arriva , & je crus , en épargnant au Sultan les fommes confidérables qu'il avoit promifes pour ma guérifon , devoit aller la lui annoncer moi-même.

Ce Monarque étoit convalef-

cent d'une maladie qui l'avoit retenu au lit depuis près d'un mois ;
je me préfentai à fa porte , & les
Gardes qui n'ignoroient pas ma
faveur , m'ayant annoncé , je fus
introduit auffi-tôt en fa préfence.
Après m'être profterné à fes pieds,
Seigneur , lui dis-je , comme ce
n'eft qu'aujourd'hui que je pouvois recouvrer l'ufage de la parole , je viens vous apprendre moi-
même les raifons du filence volontaire , que j'ai gardé depuis un
an jufqu'à ce jour, & vous rendre
les plus humbles graces des fa-
veurs infignes que votre Majefté
veut répandre fur un fujet d'un
mérite auffi commun ; alors ayant
raconté au Sultan mon hiftoire le
plus fuccintement qu'il me fût
poffible , non-feulement il m'é-
couta avec une extrême furprife ;
mais après avoir eu la bonté d'ap-
prouver ma conduite , & d'admirer la patience que j'avois eue
dans

dans les deux ans que j'avois bien
voulu me foumettre aux volontés
de Margeon : Katifé, me dit-il,
tu as acheté par des épreuves
trop pénibles le cœur de ta belle
veuve, pour que je veuille mettre le moindre obſtacle à ton bonheur ; tu es véritablement digne
d'elle, & je conçois, dans la ſituation où tu te trouves à préſent,
que tu ne pouvois accepter la
main d'une de mes ſœurs, ſans
violer tes ſermens, ſans t'écarter
de toutes les loix de la bienſéance
& de l'honneur ; loin que cela te
faſſe aucun tort dans mon eſprit,
ta conduite pleine de droiture &
de probité, augmente mon eſti-
me pour toi, & me fait connoître
de quoi tu es capable ; un autre
livré à la ſeule ambition, ſe feroit
bien gardé d'exécuter ſes promeſſes ; rebuté des rigueurs d'une
maîtreſſe capricieuſe, il l'auroit
abandonnée ſans ſcrupule, & joi-

gnant le mépris à l'infidelité, il
croiroit par un procedé auſſi indigne, acheter encore à trop bon
marché l'honneur d'être mon
beau-frere; mais toi plus ſincere,
& mépriſant les honneurs que l'on
acquiert aux dépens de la vertu,
tu n'as point été ébloui par les
grandeurs que je t'ai offert, & par
des ſentimens auſſi ſages que généreux, tu t'en es montré encore
plus digne. Accepte donc la
qualité de mon grand Viſir, diſ-
poſe de mes tréſors à ton gré;
que mes peuples ſous ton miniſ-
tere jouiſſent par ta prudence,
& par une ſage diſpenſation de
mes graces, d'un bonheur ſans
égal; cours apprendre cette nouvelle à Margeon, dis-lui que je
veux que dans trois jours ton
union avec elle ſoit célébrée par
les fêtes les plus galantes; & comme tu pourrois dans cette occaſion ménager mes tréſors, je vais

moi-même en ordonner l'exécution ; la joie que j'ai de te voir
content, me donnera affez de
force pour y affifter en perfonne ;
puis-je reconnoître par trop d'en-
droits, que je te dois la vie, &
le falut de mes Etats ?

Je ne m'étois pas préfenté devant le Sultan, pourfuivit Katifé,
fans appréhender que le refus que
je ferois d'époufer fa fœur, ne
changeât les difpofitions dans lef-
quelles il étoit en ma faveur, &
peut-être même ne me coutât la
vie ; mais comme je n'avois pas
héfité de faire encore ce facrifice
à Margeon, l'on peut aifément
comprendre quel fut l'excès de
ma joie, lorfque le Sultan m'eut
ainfi parlé ; je me jettai à fes genoux, que j'embraffai avec ardeur : Seigneur, lui dis-je, vos
bontés furpaffent toutes mes efpérances ; fi j'ai été affez heureux
pour vous rendre quelques fervi-

ces dans le dernier combat, j'en
ai été bien récompensé par la
gloire qu'ils m'ont acquis, & par
la bienveillance dont votre Ma-
jesté m'honore ; mais je la supplie
de ne me point charger du fardeau qu'elle veut m'imposer ; je
ne me sens pas propre à remplir
un poste si éminent ; comme il est
toujours l'objet de l'envie de ceux
qui croyent avoir assez de mérite
pour l'obtenir, ils prennent pour
une injustice qu'on leur fait, de
ne les avoir pas placé dans cette
haute dignité, & toute leur haine
retombe ordinairement sur celui
qui l'occupe.

Ne t'oppose pas davantage à
mes volontés, reprit le Sultan ;
comme je sçais que tes refus ne
procedent que d'une extrême
probité, c'est cette même probité qui m'est connue, qui m'en-
gage à t'ordonner de m'obéir ;
prens donc les rênes de mon

Royaume , gouverne - le avec
toute la fageffe dont tu es capable , & laiffe-moi goûter un repos tranquile , dont je n'ai point
encore joui jufqu'à prefent , parce
que j'ai toujours été obligé de
veiller moi-même fur la conduite
de mes premiers Vifirs.

Comme il n'y avoit rien à re-
pliquer à des ordres auffi abfolus,
je témoignai que j'étois difpofé à
s'exécuter ; & après avoir été
éclaré premier Vifir , je ne fus
as plutôt forti de la préfence du
ultan , que fans perdre de tems,
e me tranfportai chez ma belle
euve ; mais Ciel ! que devins-je
n trouvant tous fes efclaves en
leurs ? Ah ! Seigneur , me di-
ent-ils , qu'eft devenue notre
onne maîtreffe ? il y a dix jours
ue nous ne l'avons vûe ; elle eft
ortie d'ici fous des habits d'homme , en nous affurant qu'elle al-
oit vous ramener dans cette mai

son pour vous en rendre le maître
en qualité de son époux : quelques-uns de nous l'ont conduite
au Palais du Sultan, nous y sommes restés jusqu'à la nuit, nous
ne l'en avons pas vûe sortir, & si
nous pouvons ajouter foi aux
bruits qui courent dans Aden,
elle a perdu la vie, ainsi que
quelques autres particuliers, qui
flattés par l'espoir d'une récompense aussi extraordinaire, avoient
promis de parvenir à vous faire
rompre le silence ; c'étoit une al-
ternative que le Visir Zalvon
avoit fait publier huit jours avant
que Margeon s'exposât à cette
cure ; elle n'ignoroit pas que la
mort devoit être la punition des
téméraires, qui entreprendroient
votre guérison sans en venir à
bout ; comme ils devoient recevoir deux cent mille pieces d'or,
en vous rendant l'usage de la langue.

LVI. SOIRE'E.

Suite des Avantures de Katifé & de Margeon.

JE fus frappé de cette nouvelle si peu attendue, comme d'un coup de foudre, continua Katifé; & après avoir pendant quelques momens exhalé toute ma fureur, je courus en porter mes juftes plaintes au Sultan : Ah Seigneur ! m'écriai-je , en me jettant de nouveau à fes pieds , j'ai perdu ma chere Margeon, au moment que je touchois à celui de la poffeder. Alors lui ayant fait un court récit de ce que je venois d'apprendre des efclaves de cette veuve , ce bon Prince fut fi touché de l'indigne conduite de Zalvon, qu'il ordonna fur le champ qu'on allât l'arrêter , &

qu'on l'amenât en sa présence :
Seigneur, lui dis-je, permettez
que j'aille moi-même exécuter
vos ordres. Et bien, reprit le
Sultan, cours-y, mon cher Katifé, & ne te présente devant moi
qu'avec la tête de ce scelerat,
dont la cruauté rejaillit entiere-
ment sur moi ; loin d'avoir donné
des ordres aussi sanguinaires, je
les abhorre ; je t'ordonne de le
faire connoître dans Aden, & de
t'informer des noms de ceux qu'il
a fait injustement mourir, afin de
dédommager leur malheureuse
famille, aux dépens de cet infâme Ministre.

Je ne me fis pas repeter l'ordre du Sultan ; je pris cinquante
de ses Gardes, je courus chez le
Visir, je fis entourer sa maison,
& j'y entrai sans perdre un seul
moment ; mais quelle fut ma
douleur, lorsque j'appris de ses
esclaves, qu'il y avoit huit ou dix
jours

jours qu'il étoit forti d'Aden pendant la nuit, avec deux femmes,
dont l'une verfoit des larmes en
abondance ; par le portrait que
l'un d'eux me fit de celle qui témoignoit une trifteffe fi amere, je
crus reconnoître ma belle veuve,
& je fus confirmé dans cette
opinion par un Eunuque noir,
qui me dit lui avoir plufieurs fois
entendu prononcer mon nom ;
il ajouta que fon Maître l'avoit
obligé d'ôter la vie à cinq de ceux
qui n'avoient pas réuffi à me guérir, & qu'il étoit prêt de couper
la tête au fixiéme, qui étoit un
jeune homme d'une rare beauté,
lorfque ce malheureux lui avoit
découvert qu'il étoit une femme ;
que dans cet inftant il avoit cru
voir dans les yeux de Zalven une
extrême paffion pour elle ; qu'il
l'avoit tenue enfermée dans une
chambre du Palais extérieur du
Sultan ; qu'il l'en avoit fait fortir

bien avant dans la nuit ; qu'après
l'avoir fait conduire dans celui où
nous étions, il en étoit parti avec
elle, une vieille & quatre esclaves, dans l'intention, à ce qu'il
en pouvoit juger, de passer la mer,
& de se retirer dans le Royaume
de Zocotora. (a)

Quelque joie que je ressentisse
en ce moment de pouvoir croire
que Margeon du moins n'étoit
pas morte, je ne pouvois m'empêcher de frémir, lorsque je pen-
sois qu'elle étoit entre les mains
de Zalvon. Après que les premiers mouvemens de ma fureur
furent un peu moderés, je raison-
nai en moi-même pour sçavoir
quel parti j'avois à prendre ; ah !
sans doute, me dis-je, Margeon
pour éviter la mort qu'on lui des-

_____

(a) L'Isle de *Zocotora* est éloignée environ
de quarante lieues du Cap de *Gardafuy*, qui est
à l'extrémité de la côte d'*Ayan*, vis à vis de
l'Arabie heureuse.

tinoit, aura été forcée d'inſtruire
le Viſir de toutes nos avantures ;
& ce ſcélerat ne doutant pas que
dans peu je ne le fiſſe punir du
ſang qu'il venoit de répandre
par rapport à moi , il a cherché
par une prompte fuite à éviter ſon
ſupplice ; le perfide a voulu me
punir de la néceſſité où il eſt de
ſortir du Royaume , en m'enle-
vant tout ce que j'aime ; ah ! malheureux Katifé , pourquoi ne te
pas rendre aux larmes & aux
prieres de Margeon , dans la derniere viſite qu'elle t'a faite ? Ne
t'a-t'elle pas annoncé aſſez clairement en te quittant , tous les
malheurs qui t'arrivent aujour-
d'hui ? As-tu voulu la croire ? &
dans une occaſion pareille , pou-
vois-tu la ſoupçonner avec raiſon
de quelqu'artifice : C'eſt toi ſeul
qui lui plonges un poignard dans
le ſein , en l'expoſant aux derniers outrages du plus indigne &

du plus inhumain de tous les hommes ; car je la connois affez pour être perfuadé qu'elle fe procurera la mort, plutôt que de fe prêter à fes infâmes défirs, ou qu'elle ne furvivra pas un moment à fon deshonneur. Jufte Ciel ! de quel côté que je me tourne, je ne vois qu'horreur ! Et fi quelque chofe peut me déterminer à ne pas ceffer de vivre, c'eft l'incertitude du fort de cette belle perfonne, & le defir de la venger, en arrachant du moins la vie au traître Zalvon.

Ces confidérations qui retinrent mon bras, m'obligerent de retourner au Palais ; j'y rendis compte au Sultan, de la fuite du Vifir, & de l'enlevement de Margeon ; & mon récit fut fi touchant, qu'il ne put s'empêcher de répandre des larmes ; il envoya fur le champ chercher le Vifir de la mer, & lui ayant donné ordre de s'informer sur quel vaisseau Zalvon pouvoit avoir pris la fuite, il apprit une heure après, que celui qu'il avoit monté, (ainsi que me l'avoit dit l'Eunuque noir) étoit parti il y avoit plus de huit jours, pour l'Isle de Zocotora. Mon cher Katifé, me dit le Sultan, prends dans le Port autant de vaisseaux que tu en voudras, poursuis ton ennemi, n'épargne rien pour l'avoir en ta possession, & pour retrouver ta maîtresse, & reviens au plutôt par ta présence me rendre toute la tranquillité que ton absence va m'ôter.

Quelque foible que je fusse encore, je ne voulus point commettre le soin de ma vengeance à un autre qu'à moi-même ; je montai le lendemain le meilleur voilier de quatre vaisseaux, que Mesri Visir de la mer, avoit choisi ; & chargé d'une Lettre de

recommandation du Sultan d'A-
den, pour le Roi de Zocotora,
nous partîmes ensemble, avec
les trois autres vaisseaux, dans la
résolution de faire tous nos efforts
pour joindre le ravisseur de Margeon.

Il y avoit douze jours que nous
voguyions avec le vent le plus
favorable du monde, lorsqu'il
changea tout d'un coup; quelque
manœuvre que nous pûmes faire,
il nous fit traverser toute la mer
de l'Inde, & nous repoussa vers
le Royaume de Calicut. (a) J'é-
tois au désespoir de ce contre-
tems; chaque moment de retard

(a) *Calecut* ou *Calicut*, située sur la côte de
Malabar, est une grande Ville qui a un bon
Port, & qui fait un grand commerce ; elle est
Capitale du Royaume qui porte son nom, auquel on donne vingt-sept lieues de côtes, &
cinquante de profondeur dans les terres. On
assure que le Sultan de Calicut peut mettre cent
mille hommes sur pied, & qu'il prétend que
tous les Rois de Malabar sont ses tributaires.

redoubloit ma frayeur, & je faifois à tous les inftans des vœux
au Ciel, pour que nous puiffions
reprendre notre route; il exauça
enfin mes prieres; mais ce fut
pour me réduire bientôt dans
l'état le plus déplorable que l'on
puiffe s'imaginer. Nous fûmes
accueillis d'une feconde tempête
plus violente que la premiere, &
le vent ayant malgré tous nos
efforts, féparé nos quatre vaiffeaux, celui que je montois fu-
jetté fur la côte d'Ayan, où après
avoir beaucoup fouffert, nous
fûmes pour furcroît de malheur,
attaqués par trois bâtimens Corfaires. Vous pouvez juger que la
partie étant entierement inégale,
& les gens de mon vaiffeau tout-à-
fait hors d'état de combattre, nous
fûmes contraints de nous foumettre à nos vainqueurs, qui prirent
auffi-tôt la route de Brava. (a)

_____

[a] *Brava*, Capitale d'un Royaume, fituée

E iiij

LVII. SOIRE'E.

Suite des Avantures de Katifé & de Margeon.

JE ne puis, Mefdames, vous
bien exprimer quel fut mon
défefpoir ; je fus tenté en ce moment de me précipiter dans la
mer, pour finir tout d'un coup
mes malheurs ; mais foutenu encore par quelques lueurs d'efpérance, que je pouvois être rejoint
par nos trois vaiffeaux, avant que
d'arriver à Brava, & qu'ils nous
délivreroient peut-être de l'efclavage où nous venions de tomber,
je differai de me donner la mort,
dans la réfolution de ne pas furvivre long-tems à la perte de ma

_____

fur la côte d'Ayan, dont les peuples ne vivent
encore aujourd'hui que de leurs brigandages.

liberté. Lorsque j'avois vû que
nous allions devenir esclaves de
ces Corsaires , j'avois eu la pré-
caution de recommander à tout
l'Equipage , de ne leur point faire
connoître ma qualité ni celle du
Visir de la mer ; ils me tinrent
exactement parole , & j'eus du
moins la consolation , si je chan-
geois de résolution , de voir que
ma dignité ne seroit pas un obstacle à ma rançon. Nos vaisseaux
n'ayant pas paru , nous fûmes
conduits à Brava , & dans le partage que l'on fit de nos personnes,
j'échûs avec le Visir au Gouverneur de cette Ville , à qui l'on
donnoit la dixiéme partie de toutes les prises que l'on faisoit sur
mer : jugez de ma douleur , quand
je me vis au pouvoir d'un homme
de ce rang ; je m'y abandonnois
sans réserve , & j'avois pris pour
ce coup une forte résolution de
m'ôter la vie , lorsque Mesry

s'appercevant à mon air fombre
que je méditois quelque chofe
de funefte, me repréfenta vivement le tort que j'avois de me
laiffer abattre ainfi : Seigneur,
me dit-il, loin de vous livrer
comme vous faites, au plus noir
chagrin, vous devez dans cette
occafion rappeller tout votre courage & votre fermeté, & vous
conferver du moins pour l'illuftre
Margeon, qui peut encore avoir
befoin de votre fecours ; je puis
vous affurer que nous ne refterons
pas long-tems dans la trifte fituation où nous fommes ; comme il
arrive dans ce Port des vaiffeaux
de toutes les nations, je trouverai
occafion, avant qu'il foit peu, de
faire fçavoir notre captivité au
Sultan d'Aden ; il vous aime trop
pour ne pas employer tous les
moyens poffibles pour nous procurer la liberté, & je ne dé-
fefpere pas enfuite que nous ne

puissions retrouver votre belle
veuve. Ces discours flatteurs cal-
merent un peu la violence de
mes maux , & résolu de m'abandonner aux decrets de la Provi-
dence , j'attendis qu'elle exécu-
tât ce qu'elle avoit décidé sur
mon compte.

Il y avoit environ trois semaines que j'étois chez mon nouveau
maître, dont j'entendois tous ses
esclaves se louer, lorsqu'il me fit
appeller dans l'intérieur de son
Palais : Mani, me dit-il, (c'étoit
le nom que j'avois autrefois porté
chez ma belle veuve, & que je
m'étois alors donné) mon fils se
marie dans quinze jours, je veux
célébrer ses nôces par une fête
que j'ai promise aux femmes de
mon Sérail, & à celle qui lui est
destinée pour épouse , aurois-tu
du goût pour ces sortes de diver-
tissemens ? Seigneur, répondis-je
au Gouverneur, qui s'appelloit

Almamon, j'ai toute ma vie aimé
les spectacles : il ne passoit pas de
troupes de Comédiens dans A-
den, que je ne les suivisse très-
exactement. S'il ne s'agit que
d'orner une salle, & d'y placer un
théâtre, vos ordres seront bientôt exécutés. Voilà justement ce
que je souhaitois, me dit Almamon ; je veux que tu disposes l'appartement où nous sommes, de
maniere qu'il puisse servir aux
plaisirs que je me propose : celle
que je destine pour être ma bru,
demeure dans ce Palais, où elle
a été élevée dès l'âge de quatre
ans. J'ai vû avec plaisir naître entr'elle & mon fils cette tendre
simpatie qui fait tout le bonheur
des mariages, & je suis d'autant
plus content de cette union, que
je connois sa famille, & que je
sçai qu'elle appartient à d'honnê-
tes-gens, qui se sont toujours
distingués par des Emplois qu'ils

ont remplis dans leur pays avec
beaucoup d'honneur & de probité ; elle & mon fils aiment paf-
fionnément ces fortes de diver-
tiffemens, & quand, depuis trois
ou quatre ans, il s'eft trouvé dans
Brava des Comédiens, je n'ai pas
manqué de les faire venir chez
moi, & de procurer cet amuſe-
ment à ma famille : elle y a tant
pris de plaiſir, que fouvent même
ceux de mes efclaves qui fe font
trouvés avoir quelques talens dans
ce genre, ont cherché à les faire
valoir en leur préſence, & c'eſt
un pareil fpectacle que je lui deftine dans quelque tems d'ici. J'ai
encore, mon cher Mani, une
autre confidence à te faire, continua le Gouverneur ; j'ai fait emplette il y a huit ou dix jours,
d'une efclave appellée Zobeyas,
je l'aime extraordinairement,
fans pouvoir bien pénétrer ce qui
fe paſſe dans mon cœur à fon

égard ; lorſque je veux lui déclarer ce que je ſens pour elle , le
reſpeét cede à la tendreſſe , &
m'empêche de lui faire connoître
mes ſentimens ; d'ailleurs je la
vois plongée dans une ſi grande
triſteſſe , que les moyens que j'ai
employé depuis ce tems pour la
diſſiper ont été inutiles ; elle garde ſur ſa naiſſance & ſur ſa condition un ſecret d'autant plus impé-
netrable , que tous ceux de ſa
compagnie qui étoient ſur ſon
vaiſſeau , lorſqu'il fut jetté ſur
ces côtes , ayant péri dans les
flots , ou ayant été tués en ſe dé-
fendant contre les Armateurs de
Brava , il ne m'a pas été poſſible
de découvrir quels ſont ſes pa-
rens ; je voudrois donc trouver le
ſecret d'écarter l'humeur ſombre
qui l'environne , & je compte
que tu me ſerviras dans cette occaſion ; je te fournirai bientôt
celle de la voir , & de lui par-

ler : tâché d'apprendre d'elle le
ſujet de ſon affliction : fais-lui bien
entendre que j'y ſuis très-ſenſi-
ble, & que je n'oublierai rien
pour faire finir ſes peines. Seigneur, dis-je alors à Almamon,
je me ſens trop honoré de la com-
miſſion que je reçois, pour ne
m'en pas acquitter avec toute l'ardeur poſſible, & je vais dès ce
moment travailler à vous ſatis-
faire. Je donnai alors tous mes
ſoins, pour orner la ſalle, j'y fis
travailler pendant deux jours avec
toute l'attention poſſible, & mes
ſoins ne furent pas inutiles, puiſque la maniere dont je la diſpo-
ſai, fut très-agréée de mon nouveau maître. Il m'en faiſoit des
complimens, lorſque ſon fils,
celle qu'il devoit épouſer, l'eſclave qu'Almamon honoroit de
ſes attentions, & toute leur ſuite, étant entrés dans le lieu où
nous étions, ils s'écrierent tous

fur le goût qui regnoit dans la dif-
pofition de ce théâtre. A l'égard
de mon maître, qui ne penfoit
qu'à cette jeune perfonne, qui
étoit l'objet de toutes fes attentions, il courut à elle, & par les
empreſſemens les plus vifs, il lui
marquoit la fatisfaction qu'il reffentoit de la voir fi belle, lorfque
jettant la vûe fur cette efclave,
je reconnus dans elle l'incompa-
rable Margeon. Si je fus affez
maître de moi-même, pourfuivit
Katifé, pour m'empêcher de
faire paroître la joïe que j'eus en
ce moment de retrouver ma charmante veuve, & au même tems
la douleur dont j'étois accablé de
la voir au pouvoir d'un maître qui
venoit de me faire connoître fes
fentimens pour elle, il n'en fut
pas de même de mon adorable
maîtreffe ; elle s'avança précipi-
tament vers moi, les bras ouverts,
& en m'embraſſant avec une extrême

trême tendreffe , .elle pouffa un
cri de joie qui auroit fait connoître tout l'interêt qu'elle prenoit à
ma perfonne , fi pour prévenir les
inquiétudes du Gouverneur, elle
ne lui eût ainfi adreffé la parole.

LVIII. SOIRE'E.

Suite des Avantures de Katifé &
de Margeon.

PARDONNEZ , Seigneur ,
des premiers mouvemens ,
dont Zobeyas n'a pas été la maîtreffe , dit alors la fpirituelle Margeon : je ne fuis plus furprife du
goût merveilleux qui regne dans
ces lieux , puifque vous avez en
votre pouvoir un homme , qui
non-feulement a un génie très-
particulier pour ces fortes de dé-
corations, mais encore qui excel-
le dans les repréfentations les plus

Tome III.   F

pathétiques. Sans être Comé-
dien , il en à tous les talens :
comme il étoit frere de mon défunt mari , qui avoit aussi beaucoup de penchant pour ces sortes
de plaisirs , nous nous amusions
quelquefois dans notre particulier , à jouer entre nous les scénes
les plus tendres de nos Poëtes
Orientaux , & souvent même
nous en composions en prose à
l'impromptu , qu'ils n'auroient
pas eu honte d'avouer pour être
de leur invention : ne soyez donc
pas étonné , Seigneur , si la vûe
de cet homme a rempli mon
cœur d'une joie immodérée , &
si j'en ai donné des marques un
peu trop vives ; la pudeur n'est
point blessée par les caresses que
je viens de lui faire dans une ren-
contre aussi peu attendue ; & si
feu mon époux n'y trouvoit pas à
redire , je me flatte que vous ne
désapprouverez pas les témoigna-

ges que je viens de lui donner de
l'amitié la plus parfaite

Quelque surprise que j'eusse
pû faire paroître à la vûe de Margeon, poursuivit Katifé, l'extrême attention qu'Almamon prêta à
ses discours, me donna le tems
de me remettre, & quoique très-
embarassé à soutenir le personnage
qu'elle me donnoit, je pris le
parti de me prêter à ses idées.
Belle Zobeyas, lui dis-je, le malheureux Mani ne ressent plus le
poids de ses chaînes, puisqu'il les
partage avec vous, & qu'il les
tient d'un si bon maître; je ne lui
cacherai point qu'instruit de votre
enlevement, je parcourois ces
mers pour vous rendre, s'il étoit
possible, à votre Patrie, lorsque
la tempête m'a jetté sur les côtes
de Brava, & m'y a fait perdre ma
liberté; mais, ma chere sœur,
que nous sommes heureux l'un &
l'autre d'être tombés au pouvoir

F ij

du généreux Almamon ! il vous
aime , Zobeyas , vous avez dû
vous en appercevoir par fes ma-
nieres tendres & infinuantes ; &
fi le refpect, qu'un maître n'a pas
ordinairement pour une efclave ,
n'avoit mis un frein à fes défirs ,
vous auriez été plutôt informée
des fentimens qu'il a pour vous ;
mais s'il a bien voulu jufqu'à préfent fe contraindre , & ne vous
les pas expliquer intelligible-
ment , il fe flatte que du moins
vous lui en tiendrez quelque
compte..... Margeon qui s'étoit
jufqu'alors bien apperçûe de l'inclination qu'Almamon avoit pour
elle , m'interrompit en cet endroit, & fe rappellant le nom que
je m'étois donné en commençant à lui parler : Seigneur, dit-
elle au Gouverneur, il n'étoit pas
néceffaire que Mani fût auprès de
moi l'interprète de votre cœur ;
une douce fimpatie dont je n'ai

pu me défendre, m'a fait concevoir pour vous, au premier moment que j'ai eu l'honneur de
vous voir, toute l'amitié dont je
fuis capable ; elle a rendu par là
ma captivité plus fupportable,
& fans ces fentimens qui font entrés dans mon ame, pour ainfi
dire, malgré moi, je n'aurois pas
eu la force de foutenir mes chaînes, quelque legeres que vos
bontés me les ait rendues ; ne
m'en demandez pas davantage,
Seigneur, & contentez-vous d'un
aveu que je vous fais fans rougir,
puifqu'il n'intereffe point mon
honneur.

Almamon qui avoit d'abord été
dans une extrême inquiétude à la
reconnoiffance qui s'étoit faite
entre Zobeyas & moi, fut touché de ce que cette belle perfonne venoit de lui dire. Madame, reprit-il, malgré toute la
tendreffe que je reffens pour vous,

je ne puis me rendre compte à
moi-même de la situation de mon
cœur. Si j'ai été ému à la vûe de
Zobeyas , je n'ai point senti en
ce moment ces transports tumul-
tueux qui caractérisent une paf-
sion dont les suites sont presque
toujours à craindre , quand elle
s'empare de nos sens avec tant
de violence. J'ai ressenti au contraire dans mon ame un calme
que je n'ai jamais trouvé en pareille occasion , & il semble que
la Nature ait pris plaisir à graver
dans mon cœur des sentimens de
respect , qui ont , pour ainsi dire ,
étouffé tous les desirs que votre
ravissante beauté est capable d'y
produire : j'en ignore la raison ,
mais telle qu'elle puisse être , je
vous avoue que je ne sçaurois
m'en plaindre , & que je suis
charmé de voir que la présence
de Mani vous fasse faire tréve pour
quelques momens à votre dou-

leur : pour toi , mon ami, me
dit alors Almamon , pourquoi
dans la conjonéture préfente me
cacher tes talens ; ignores-tu que
ce monde n'eft qu'un grand théâtre , fur lequel chacun joue fon
rôle , plus ou moins bien , &
que les caraéteres que l'on repré-
fente fur nos fcénes , ne font fouvent que de foibles copies de
leurs véritables originaux ; la mé-
difance , la fourberie , le men-
fonge , la flatterie & l'avarice , ne
fourniflent-elles pas tous les jours
de nouvelles matieres à la criti-
que ? elle eft inépuifable , mon
cher Mani , & chacun de nous ,
dans fa propre famille , trouve ,
pour peu qu'il y faffe attention ,
un fond de comique toujours
nouveau. Les hommes, fans en
excepter prefqu'aucun , font tous
plus ou moins ridicules ; moi-
même qui te parle , je le fuis
peut-être plus qu'un autre , & je

ris dans autrui des défauts, que je
ne reconnois pas dans moi-même. L'amour propre nous aveugle tous ; comment est-il possible , par exemple , que ce Cadi ,
dont la science égale la probité ,
& qui a toutes les excellentes
qualités que l'on peut souhaiter
dans un homme de sa robe , ne
s'apperçoive pas qu'il les ternit
toutes par un air de hauteur & de
fierté insupportable? ne feroit-il
pas mieux de se rapprocher un
peu des autres hommes , & par
une affabilité qui le rendroit adorable , (au lieu qu'on le hait peut-
être avec raison ,) ne devroit-il
pas chercher à se concilier les
cœurs de tous ceux qui ont affaire
à lui ? ils ne l'abordent qu'en
tremblant, & en gagnant même
leurs Procès , ils sortent mécon-
tens du Tribunal de leur Juge.

Si ce vieux Muzulman dans un
âge des plus décrépits , nous ap-
prête

prête à rire en faisant encore le
galant, & est assez fol pour s'imaginer qu'il possede sincerement le
cœur des malheureuses esclaves
de son Sérail ; n'est-ce pas en
même-tems le comble de la plus
indigne bassesse, de voir ces mêmes femmes qui gémissent secre-
tement d'être soumises aux em-
portemens de ce ridicule vieillard, se disputer malgré cela ses
bonnes graces avec empressement, & montrer les unes contre
les autres tous les mouvemens de
la jalousie la plus marquée, pendant qu'au fond de l'ame elles
détestent celui qui en est l'objet ?

Qui pourroit retenir ses ris, en
voyant ce jeune Empirique, porté mollement dans un Palanquin
doré, par vingt-quatre esclaves,
qui se relayent d'heure en heure,
parcourir toute la Ville ; y faire
montre d'une vanité des plus ridicule, & s'imaginer par ce faste

Tome III. G

qu'il étale, faire croire au public,
que personne n'est plus capable
que lui du poste qu'il occupe auprès d'un grand Seigneur? Couvert des plus riches étoffes de
l'Orient, il se croiroit deshonoré,
s'il avoit salué dans cet équipage, un homme de pied, & mal
vêtu; lui qui avant cette faveur,
qui lui fait porter la tête jusqu'aux
nues, & regarder la terre avec
mépris, étoit trop heureux que
les mêmes gens, à qui il refuse
aujourd'hui le salut, lui fissent gagner par un salaire des plus médiocre, de quoi vivre très-modeste-
ment; & cet homme, qui change à présent trois ou quatre fois
d'habits à toutes les saisons, a-t'il
bonne grace d'oublier que sa robe
d'hiver étoit autrefois la même
que celle qu'il portoit l'esté, à la
doublure près, qu'il faisoit ôter
& remettre, suivant ses besoins?
Conviens donc avec moi, mon

ami, du ridicule de presque tous les hommes, que cette matiere est intarissable, & que nos passions nous maîtrisent tellement, que nous aveuglant pour l'ordinaire, elles nous rendent avec raison l'objet de la raillerie des autres : déploye donc dans cette occasion tout ton sçavoir. La fécondité de ton génie, & ton heureux naturel, viennent d'être si vantés par Zobeyas, qu'il ne te fera pas bien difficile de nous en donner en ce moment même un petit échantillon.

Je baissai la tête, poursuivit Katifé, pour faire connoître au Gouverneur, que j'étois disposé à lui obéir, & j'attendis que Zobeyas me fît connoître ses intentions ; comme elle avoit beaucoup d'esprit, elle comprit aussi-tôt mon embarras, & profitant des dispositions favorables dans lesquelles étoit Almamon à notre égard,

G ij

& de la crédulité qu'il paroiſſoit
avoir ſur notre compte : Seigneur , lui dit-elle , nos com-
munes afflictions , & l'état dans
lequel nous ſommes , ne nous
permettent pas, du moins à moi,
de vous donner du comique en
ce moment, ni même de vous
répéter aucuns de ces rôles , que
mon mari , Mani & moi, nous
jouyions autrefois avec quelques
graces. Mes malheurs me les ont
fait oublier ; mais pour peu que
vous me laiſſiez à moi-même ,
pendant que vos eſclaves vont
faire une eſpece de répétition de
ce qu'ils doivent repréſenter , je
me rappellerai quelqu'intrigue in-
tereſſante que nous ferons bientôt en état de vous jouer à l'impromptu.

LIX. SOIRÉE.

Suite des Avantures de Katifé & de Margeon.

SI le Gouverneur de Brava apᵘ prouva ce que lui propofoit Margeon, j'en fus auffi très content, parce que ce délai me donnoit le tems de me compofer de maniere que je ne puffe donner aucun ombrage à Almamon; je fus donc fpectateur, ainfi que ma belle veuve, d'une petite Paftorale que les efclaves de notre Maître répéterent; elle étoit entremêlée de danfes & de chants, & tous les Acteurs s'acquitterent paffablement de leurs rôles. Quand ce divertiffement fut fini, Almamon ayant fommé Margeon de fa parole : je vais vous obéir, Seigneur, lui dit,

G iij

elle ; enfuite m'adreffant la parole : remettez-vous dans la mémoire , mon cher ami (pardonnez ,
Seigneur , dit - elle au Gouverneur , ces termes de tendreffe ,
j'ai toujours appellé ainfi mon
beau-frere du vivant de mon mari ,) rappellez-vous, dis-je , cette
intrigue fi tendre que nous avons
jouée plufieurs fois ; la voici :
Mirza jeune veuve eft vivement
follicitée par un Officier des
Troupes du Roi de Java, de l'é-
poufer ; elle trouve dans Hindbad (c'eft le nom de fon amant)
tout le mérite poffible ; mais
comme elle n'a eu que du défa-
grément & de l'ennui dans fon
premier mariage , & qu'elle eft
bien perfuadée qu'il y a peu
d'hommes qui ayent pour leurs
femmes toutes les complaifances
& l'attachement qu'ils leur pro-
mettent , elle lui propofe de fe
foumettre à deux épreuves des

plus fingulieres : Alors Margeon
ayant fous les noms de Mirza &
de Hindbad, raconté fuccincte-
ment à la compagnie toutes nos
avantures jufqu'à la derniere vifite
qu'elle me rendit traveftie en
homme dans le Palais du Sultan, le péril de la vie qu'elle
y courut par mon obftination à
garder le filence, la néceffité où
elle fe trouva alors de déclarer
fon fexe au Vifir, l'amour qu'il
conçut pour elle, fon enlevement, & de quelle maniere cet
indigne Miniftre avoit été percé
de mille coups, lorfque le vaiffeau fur lequel elle étoit, fut attaqué par des Corfaires; Mirza,
continua-t'elle, par des avantures qui ne font rien à la chofe,
retrouve deux ans après Hindbad
dans l'Ifle de Ceylan; elle ne
peut d'abord s'empêcher de témoigner la joie qu'elle a de le revoir; mais enfuite faifant réfle-

G iiij

xion qu'il eſt cauſe de tous ſes malheurs, elle lui fait les reproches les plus ſanglans, à peu près dans ces termes. Alors Margeon jouant ſon rôle d'autant plus naturellement, que croyant avoir véritablement lieu de ſe plaindre de moi, il étoit fondé ſur la vérité, elle m'accabla ſous le nom de Mirza, de reproches ſi touchans au ſujet de l'obſtination avec laquelle j'avois gardé le ſilence, & me fit ſentir avec tant de force l'état déplorable dans lequel elle avoit été réduite depuis ce jour, qu'elle arracha des larmes de toute l'aſſemblée ; pour moi, à qui ces reproches étoient perſonnels, j'en fus ſi émû, que je ne ſçais comment la maniere vive & naturelle avec laquelle je me juſtifiai auprès d'elle, ſous le nom d'Hindbad, ne fit pas ouvrir les yeux en ce moment au Gouverneur ; pour me diſculper de la

faute qu'elle m'imputoit, je fis en
peu de mots une peinture ſi reſ-
ſemblante de tout ce que j'avois
ſouffert de ſes caprices, ſans m'ê-
tre jamais rebuté, & je lui fis ſi
bien comprendre qu'ignorant la
noire malignité du Viſir, je n'a-
vois pas dû me rendre à ſes prieres,
que je la réduiſis à convenir que
tout le tort étoit de ſon côté, &
que je n'avois pas pû en agir autrement, ſans riſquer de perdre
ſa tendreſſe, & la récompenſe de
tous mes travaux : je l'inſtruiſis
enſuite de ce que j'avois fait depuis ſon départ ; des moyens que
j'avois pris pour tâcher de l'enlever à l'indigne Viſir ; du bonheur
que j'avois eu en faiſant naufrage,
d'aborder à l'Iſle de Ceylan, où il
s'en falloit peu que je n'expiraſſe
de joie de la retrouver en vie,
hors de la puiſſance de l'infâme
Viſir, & en état de la reconduire
bientôt à Java, où je me flattois

qu'elle voudroit bien couronner ma conſtance.

Que l'amour, Meſdames, eſt éloquent dans ces ſortes d'occaſions, pourſuivit Katifé ! & que je m'acquittai bien de mon rôle ! en peignant à mon tour, ſous le nom d'Hindbad, avec les couleurs les plus brillantes & les plus naturelles, tout ce que j'avois ſouffert pour Mirza pendant mes deux années d'épreuves, les combats étonnans dont j'étois ſorti victorieux, la violente douleur que je reſſentis en apprenant ſon enlevement, la fureur dont je fus animé contre ſon raviſſeur ! Je fis ſi bien naître par dégrés tous ces mouvemens dans les cœurs de nos Spectateurs, que m'accordant toute leur pitié, ils verſerent abondamment des larmes au récit de mes malheurs, qu'ils regardoient comme imaginaires ; & accablant d'exécration la mémoi-

re du perfide Vifir, ils applaudi-
rent tout haut à la conclufion de
cette fcéne, qui en couronnant
la patience & la fidelité du tendre
Hindbad, après tant de traverfes
dans fes amours, lui faifoit trouver par un heureux mariage, dans
les embraffemens de fa maîtreffe
la fin de toutes fes peines.

Quelqu'applaudiffement qu'-
Almamon eût donné à la fcéne
que nous venions de repréfenter,
& quoiqu'il eût témoigné beaucoup de fatisfaction dans la récon-
ciliation d'Hindbad & de Mirza,
il y a cependant apparence que
la vivacité & le naturel avec lequel nous repréfentâmes les avantures de ces deux amans, lui
caufa de l'inquiétude : c'eft ce que
juftifia bientôt la conduite qu'il
tint à notre égard.

Il avoit paru trop content de
notre maniere de jouer la Comédie, pour ne pas fouhaiter que

nous entraffions pour quelque
chofe dans la fête qu'il vouloit
donner pour le mariage de fon
fils ; & m'ayant chargé du cane-
vas des fcénes que nous devions
repréfenter, je crus en le com-
pofant, devoir y en faire entrer
quelqu'une, où je puffe faire fçavoir à ma belle veuve l'efpérance
que j'avois de la tirer d'efclavage.
Mefri m'en avoit déja fait l'ouverture ; il avoit trouvé dans Brava
un riche Négociant d'Aden, qui
par rapport au commerce qu il
faifoit avec les Habitans de cette
Ville, avoit un vaiffeau à lui dans
le Port : il lui avoit fait confidence de notre état, & cet homme
féduit par l'efpoir d'une très-
groffe récompenfe avoit réfolu de
tout rifquer pour nous mettre en
liberté : il étoit néceffaire que
j'en inftruififfe Margeon, afin
qu'elle prit là-deffus de juftes me-
fures ; & comme il n'y avoit au-

cune espérance que le Gouverneur voulût consentir à notre rançon, je crus devoir par quelqu'-
invention singuliere, lui apprendre de quelle maniere elle devoit
se conduire pour se sauver du
Sérail d'Almamon.

La nuit qui étoit destinée pour
la fête de la nôce de notre jeune
maître, me paroissoit trop favorable pour que je n'en profitasse pas.
Dans la distribution des scénes
que je devois jouer avec Margeon, j'en composai une, dans
laquelle, déguisée sous un habit
d'homme, elle devoit recevoir
une lettre qui produisoit le dénouement de la piece ; mais
comme je n'avois pû lui parler
qu'en présence du Gouverneur,
je n'avois eu garde dans le cane-
vas, de lui expliquer nos projets,
je me réservois tout pour le jour
de notre départ, & cela me paroissoit d'autant plus facile, que

dans un embarras pareil à celui
que la fête & la Comédie devoient produire, je me flattois
que nous pourrions facilement
nous échaper, fans que l'on prît
garde à nos actions; je ne penfai
donc plus qu'à exécuter ce que
j'avois prémédité avec Mefri &
notre Négociant d'Aden.

Le jour de cette cérémonie
étant enfin arrivé, la fête fut complette; les efclaves repréfente-
rent leur Paftorale à merveille;
les intermedes compofés de
chants & de danfes furent très-
bien exécutés; la Comédie que
nous jouâmes Margeon & moi,
plut beaucoup au Gouverneur &
à fes femmes; en un mot, tout
alla à ravir, jufqu'à la fcéne du
dénouement : mais quand, fous
prétexte de rendre la lettre qui
paroiffoit être du fujet, j'eus remis à ma belle veuve le billet qui
l'avertiffoit de ce qu'elle devoit

faire pour me joindre après le divertissement , & pour prendre la fuite enfemble, Almamon soupçonnant notre conduite , se leva brufquement, se faifit de ce billet, & ayant dans le moment découvert toute notre intrigue , il éntra dans une fi violente colere, que mettant le fabre à la main , il fondit fur moi dans l'intention de m'abattre la tête.

Comme dans mon rôle j'étois armé, je me mis en défenfe, non pour attaquer Almamon , que j'aurois tué , fi je l'avois voulu , mais feulement pour parer les coups qu'il me portoit. Il s'apperçut des ménagemens que j'avois pour lui dans une occafion auffi délicate, & ceffant de me pourfuivre, il mit fon fabre dans le foureau , & ordonna à tous fes efclaves de me faifir, avec menace de me faire périr dans les fupplices les plus cruels, fi je ne rendois pas les armes.

LX. SOIRE'E.

Suite des avantures de Katifé & de Margeon.

COMME il n'étoit pas possible que je ne succombasse, & que je ne fusse accablé par le nombre, je jettai mon sabre aux pieds d'Almamon : Tu es le maître de ma vie, lui dis-je, tu ne le serois plus, si j'avois voulu attaquer la tienne ; je t'ai respecté, & comme mon maître, & parce que je suis bien persuadé que quand tes premiers mouvemens de colere seront passés, tu me rendras la justice qui m'est dûe, & que quelqu'inclination que tu puisses ressentir pour Zobeyas, tu ne voudras pas troubler deux cœurs unis depuis long-tems par des liens indissolubles. La mort seule est

capable

capable de nous féparer ; impofe-
nous telle rançon qu'il te plaira ,
je te la ferai payer avant qu'il foit
peu ; mais apprends , que fi agif-
fant contre toutes les Loix de
l'humanité & de l'honneur, tu
ufes du pouvoir defpotique que
tu as fur nos perfonnes, le Sultan
d'Aden , dont je fuis le premier
Vifir , & qui eft déja inftruit de
notre fituation , viendra bientôt
en perfonne venger ma mort , &
après avoir mis tout à feu & à fang
dans cette Ville , il te fera toi-
même expirer dans les fupplices
les plus affreux.

Almamon qui étoit encore
aveuglé de fureur, s'imaginant
que ce que je venois de lui dire
n'étoit que la fuite de la fourberie
qu'il croyoit découvrir dans la
lettre dont il s'étoit emparé, m'accabla des noms les plus odieux :
Vil efclave , me dit-il , tu joins
encore la menace à l'effronterie.

Ah ! je t'apprendrai à te jouer à
ton maître, & à abuser des bontés
qu'il a eu pour toi jufqu'à ce jour;
tes infolens difcours ne m'ef-
frayent pas ; je connois le Sultan
d'Aden mieux que toi ; je l'honore ; mais quelque puiffant qu'il
foit, je ne le crains pas, parce
qu'il eft jufte ; tremble donc à
l'appareil des tourmens que je
deftine à ta trahifon & à ton impofture ; il ordonna enfuite que
l'on m'ôtât de fa préfence, &
que l'on m'enfermât fous bonne
garde jufqu'au lendemain.

L'on alloit exécuter fes volontés, lorfque Margeon fe jettant à fes pieds : Seigneur, lui
dit-elle, en verfant un torrent
de larmes, Mani ne vous en im-
pofe pas ; vous avez paru fenfible
au récit de nos malheurs, lorfque
fous des noms fuppofés, nous
vous les avons repréfentés ; ne
les rendez pas réels par un excès

de dureté que vous condamne-
riez, si vous étiez dans une situation plus tranquille, & après
avoir souhaité vous-même, que
Katifé sous le nom d'Hindbad,
fût tranquille possesseur de sa maîtresse, voudriez-vous que la malheureuse Margeon fut encore aujourd'hui la cause innocente de
sa mort ?

Qu'ont de commun Margeon
& Katifé, avec ce qui se passe en
ces lieux, dit alors le Gouverneur avec vivacité : Seigneur,
reprit ma belle veuve, je ne
m'appelle pas Zobeyas ; née d'un
pere infortuné, qui tenoit un
rang assez considérable à la Cour
d'Aden, j'eus le malheur de le
perdre par les persécutions d'un
perfide Visir ; pour éviter les
cruels effets de la jalousie de ce
scélerat, il fut obligé de fuir de
sa patrie, il y a environ quinze
ans, avec un fils qui pouvoit en

H ij

avoir douze ; depuis ce tems fatal , une de mes sœurs & moi ,
laissées chez une parente de notre
pere , nous y avons été en butte
aux assauts de la fortune la plus
inconstante : Ah ! tous les évenemens que nous vous avons racon-
tés sous des noms empruntés , ne
seroient point arrivés à l'infortunée Margeon , si elle n'avoit pas
été privée de la présence du malheureux Abouriam son pere . . . .
Du malheureux Abouriam ? . . . .
Juste Ciel ! Qu'allois-je faire , s'é-
cria le Gouverneur ? Ah ! voilà
donc la source de la tendresse que
je ressentois pour Zobeyas : Venez , ma chere fille , venez reconnoître dans votre Maître , ce
pere infortuné que la rage du Visir Zalvon a forcé de sortir d'A-
den. Non-seulement j'approuve
votre union avec le fidele Katifé ,
qui mérite si bien votre tendresse ,
& que je prie d'oublier les mau-

vais traitemens qu'il vient d'ef-
fuyer ; mais je le conjure encore
de confirmer le mariage de mon
fils avec la jeune Khaled fa fœur ;
c'eft cette aimable fille qui fut enlevée d'Aden il y a dix ou douze
ans, & que j'achetai avec fa nourrice : Comme j'appris quelle étoit
fa famille, & que je la connoiffois,
je la deftinai, dès ce moment, à
être unie avec mon fils, & le
Ciel a fait connoître qu'il approuvoit mon choix, en infpirant à ce
couple charmant les fentimens les
plus vifs & les plus tendres l'un
pour l'autre.

Il eft impoffible, grands Génies, de pouvoir bien exprimer
quel fut en ce moment l'excès du
plaifir de Margeon, & combien
fut grande la fatisfaction que je
reffentis d'une fi heureufe reconnoiffance ; il faut en un inftant
avoir paffé auffi fubitement, du
plus violent défefpoir à la joie la

plus parfaite , pour le pouvoir concevoir. Pénétré des bontés du Ciel , je me jettai aux genoux du Gouverneur , que j'embraffai avec la derniere tendreffe : Ah ! Seigneur , lui dis-je , quelles graces n'ai-je pas à vous rendre ! vous m'accordez mon adorable Margeon ; c'eft le fouverain bonheur auquel je pouvois afpirer. Vous la méritez bien par votre conftance fans exemple , reprit Abouriam , en me relevant, je ne veux pas différer votre bonheur d'un feul moment , & l'Iman que l'on va chercher de ma part , va couronner votre amour.

L'ordre du Gouverneur fut exécuté fur le champ , l'Iman vint faire les cérémonies néceffaires ; & le refte de la foirée fut employé, comme vous pouvez le croire, dans la joie & dans les plaifirs. Si je n'ai pas fait venir à Brava Margeon & fa cadette , nous dit Abouriam, ne croyez pas, mes enfans, que ma tendreſſe pour elles, en ait été moins vive ; je les avois laiſſées entre les bras d'une ſœur qui m'aimoit tendrement, qui n'avoit point eu d'enfans de deux maris dont elle étoit veuve, & par ſon moyen j'ai toujours entretenu des correſpondances ſûres à Aden, ſans perdre l'eſpoir du retour dans mon pays ; le ſeul Zalvon y eſt un obſtacle invincible ; Favori du premier Viſir, & lui-même aſpirant à cette dignité, j'ai tout lieu de craindre les effets de ſa haine ; elle lui a fait chercher toutes les occaſions de me perdre ; elle m'a contraint à m'exiler, & ce n'eſt que par ſa mort que je puis me flatter de l'eſpérance de revoir un jour ma patrie. Ah ! Seigneur, s'écria Margeon en cet endroit, le Viſir Zalvon étoit votre perſécuteur ; vous nous

l'avez déja dit ; mais la situation
où j'étois en ce moment ne me
permettoit pas de vous interrom-
pre : Et bien, Seigneur, c'est cet
infâme Zalvon qui m'a enlevée
d'Aden, c'est lui qui vouloit me
conduire à l'Isle de Zocotora,
& qui m'avoit menacée d'employer les moyens les plus indi-
gnes pour me faire consentir à sa
brutale passion ; mais le juste
Ciel qui protége toujours l'inno-
cence, ne l'a pas permis ; la tempête nous a jetté sur ces côtes ;
vos habitans ont attaqué notre
vaisseau, & ils s'en sont rendus
maîtres,   ès avoir percé de
mille co   élerat Visir ; tous
les effo   · désespoir & la
rage peuven   produire, il les a
fait paroître dans ce dernier combat ; & prêt à succomber sous le
nombre de ses ennemis, il avoit
déja le bras levé pour me sacrifier
moi-même à sa barbare fureur,
lorsqu'un

lorſqu'un de vos braves ſoldats
a fait voler ſa tête à mes pieds.
Zalvon ne vit plus , Seigneur ;
Katifé eſt favori de notre Sultan ;
il a été aſſez heureux, ainſi que je
vous l'ai déja raconté, de lui ſauver trois fois la vie dans une même journée , & ce généreux Monarque épuiſant envers lui toute
ſa reconnoiſſance, l'a nommé ſon
premier Viſir. Sûre de la conti-
nuation de la faveur de mon
Epoux , revenez à Aden, le
Sultan rendra juſtice à votre in-
nocence, il vous fera rentrer dans
vos biens que j'ai toujours oui dire
avoir été confiſqués. Je voyois
couler les larmes des yeux d'A-
bouriam au récit de Margeon.
Zalvon ne vit plus ! s'écria-t'il ,
tout tranſporté de joie , le Ciel l'a
puni de ſes crimes ! Ah ! ma chere fille , voilà donc tous mesmal-
heurs finis ; j'ai toujours ſoupiré
du deſir de revoir ma patrie &

mes enfans ; cette occasion est
trop favorable pour que je n'en
profite pas ; oui je retournerai à
Aden. Seigneur, repris-je alors,
venez y partager avec moi la faveur de notre Monarque ; aussi-
bien j'ai besoin de vos sages
conseils & de votre expérience,
pour me bien acquitter de l'em-
ploi dont il m'a chargé, & pour
mériter avec justice l'amour des
peuples dont la conduite m'est
confiée.

Avant cette conversation si in-
teressante, & qui n'avoit été in-
terrompue que par l'arrivée de
l'Iman, & la cérémonie qu'il
avoit faite à notre sujet, tous les
Spectateurs avoient, pour ainsi
dire, été immobiles, dans la
crainte que la scéne ne fût véritablement ensanglantée ; mais la
frayeur ayant bientôt fait place à
une joie universelle, ce ne furent
plus qu'embrassemens de toute

part; Khaled étoit auſſi tranſportée du plaiſir de retrouver en moi
un frere qu'elle connoiſſoit être
dans un poſte éminent; que Margeon témoignoit de ſatisfaction
de me revoir, & de ſçavoir qu'-
elle tenoit le jour du Gouverneur
de Brava ; l'une & l'autre me
combloient de careſſes , & je
puis dire que de ma vie je n'ai
goûté de plaiſirs ſi purs & ſi parfaits.

L'heure de nous retirer étant
enfin venue , nous nous rendîmes
dans des appartemens que l'on
nous avoit préparés , & ce fut
là , qu'en la compagnie de nos
Epouſes , nous paſſâmes les plus
délicieux momens que l'on puiſſe
jamais trouver , ſurtout après les
traverſes que j'avois eſſuyé dans
mes amours.

Abouriam après avoir donné
huit ou dix jours aux Fêtes qui
ſuivirent notre mariage , nous

ayant fait appeller dans son cabinet, nous témoigna l'envie extrême qu'il avoit de retourner à
Aden. Mes chers enfans, nous
dit - il, quelqu'impatience que
j'aye de revoir ma patrie, je ne
puis entreprendre ce retour sans
péril, si le Sultan qui regne en
ces lieux venoit à le sçavoir, &
je ne crois pas devoir l'en instruire sans risquer ma perte. Voici ce que j'ai résolu pour parvenir
à mes desseins ; il faut que Mesri
aille trouver le Négociant, sur le
vaisseau duquel vous vouliez vous
embarquer, & qui n'est pas encore parti, qu'il lui remette tout
l'argent dont il aura besoin pour
racheter d'esclavage ceux qui
étoient avec vous lorsque vous
perdîtes la liberté ; je fournirai
toutes les sommes nécessaires
pour cela ; & après avoir fait se-
cretement porter toutes mes ri-
chesses su | un bâtiment que je

ferai bien armer, nous nous mettrons ensemble en état de reprendre la route d'Aden.

LXI. SOIRE'E.

Conclusion des Avantures de Katif
& de Margeon.

NOUS vîmes avec une extrême joie la résolution d'A-
bouriam ; il ne perdit pas de tems
à exécuter ce qu'il avoit projetté ;
& lorsque tout fut prêt, comme
il avoit plus de quarante esclaves
de différens pays, il les fit venir
en sa présence une heure avant
son départ : mes amis, leur dit-
il, content de vos services, je
veux vous en donner des marques essentielles : je pars pour
Aden, où des affaires de conséquence m'appellent, sans être
sûr de mon retour en ces lieux.

I iij

J'offre de vous y conduire, en
cas que vous vouliez m'y suivre,
(car je vous déclare que dès ce
moment vous êtes tous libres :)
là je vous fournirai les moyens de
retourner chacun dans votre Patrie. Les esclaves d'Abouriam se
jetterent aux pieds d'un si bon
maître ; & pas un seul n'ayant
voulu rester à Brava, nous fimes
transporter sur le champ toutes
ses richesses sur le vaisseau qu'il
avoit fait équiper, sous prétexte
d'envoyer en course, & sur lequel Mesri avoit fait passer au
commencement de la nuit tous
nos Compatriotes bien armés, &
nous partîmes dans l'instant suivis
du vaisseau de ce Négociant d'A-
den.

Comme nous avions le tems le
plus favorable que l'on pût choi-
sir, notre voyage fut autant heureux que nous pouvions le souhaiter, jusqu'auprès de l'Isle de

Zocotora ; mais en cet endroit,
le vent ayant tout d'un coup changé , nous fûmes rejettés en mer
avec une extrême violence ; &
ce même vent ayant continué
pendant plus de quinze jours ,
nous nous écartâmes tout-à-fait
de notre route , & nous essuyâ-
mes plusieurs tempêtes, qui sans
être bien dangéreuses , m'inquié-
terent extrêmement , parce que
ma chere Margeon , qui croyoit
avoir quelques signes de grossesse,
en étoit fort incommodée. Pour
surcroît de malheur, pendant une
nuit fort obscure , qu'il faisoit un
assez gros tems , ayant quelques
ordres à donner, dans le moment
que je passois de la poupe vers la
proue du vaisseau , je fus couvert
d'une lame d'eau, qui me frappa
avec tant de violence , que quelqu'effort que je fisse pour me retenir, je fus renversé dans la mer;
aux cris que firent alors quelques

Matelots, je m'imagine que l'on
jetta promptement dans la mer
plufieurs bouts de corde qui te-
noient aux manœuvres (ainſi qu'il
eſt d'uſage en pareil cas) & que
comme l'obſcurité qui regnoit
pendant la tempête, empêchoit
que l'on pût diſtinguer les objets :
l'on coula le long du vaiſſeau pluſieurs groſſes planches, pour que
je puſſe trouver du ſecours par ce
moyen ; j'ai tout lieu de le penſer
ainſi, puiſqu'étant revenu ſur
l'eau, je ſentis à mes côtés quelque choſe qui flottoit ; je m'y at-
tachai fortement, & après avoir
vogué ſur cette planche pendant
ſept ou huit heures, je fus porté
ſur une rade inconnue, ſans autre
mal que celui d'être extrêmement fatigué, & de reſſentir la
plus vive douleur de la cruelle
ſituation où je ne doutois pas que
ne fût mon épouſe, en apprenant
que j'étois tombé dans la mer.

Après avoir pris terre , & être
monté fur une élevation d'où je
pouvois découvrir extrêmement
loin , j'eus la confolation de voir
la mer fort tranquille , d'être perfuadé qu'il n'étoit arrivé aucun
accident au vaiffeau qui renfer-
moit ma chere époufe , & de
connoître que le vent qui étoit
changé depuis quelques heures ,
devoit lui avoir fait prendre la
route d'Aden ; j'avois feulement
fur moi une trentaine de pieces
d'or , & quelques diamans dont
Abouriam m'avoit fait préfent ;
avec ce fecours j'avançai le long
de la côte , & après avoir marché pendant fept ou huit heures ,
j'arrivai à Dabul extrêmement
fatigué. Mon premier foin fut de
m'informer s'il n'y avoit pas quelque bâtiment qui fe difpofât à
faire voile pour la mer rouge , &
ayant appris que je n'en trouve-
rois qu'à Cambaye , je fuis venu

dans cette Ville où j'avois pris la
réfolution d'attendre le départ du
premier vaiſſeau qui devoit ſe
mettre en mer pour aller à Aden,
lorſque ſans ſçavoir comment, je
me ſuis trouvé tranſporté dans
ces lieux enchantés. De grace,
illuſtres Génies, à préſent que
vous êtes informés par moi-même des moindres particularités
de mes avantures, daignez ſoula-
ger la vive affliction d'une épouſe
qui reſſent ſûrement une mortelle
douleur de ma perte, qu'elle regarde peut-être comme certaine ;
& puiſque votre puiſſance n'a pas
de bornes, quand il s'agit de faire
du bien, rendez-lui un époux
accablé d'affliction par une ſéparation qui lui eſt plus cruelle que
la mort même.

Les Sultanes n'avoient pu entendre l'hiſtoire de Katifé & de
Margeon, ſans y prendre tout
l'interêt qu'ils méritoient ; elles

lui en marquoient fincerement
leur fenfibilité, lorfque Cothrob
leur adreffant la parole : ce n'eft
pas affez, leur dit-il, de confoler
par des difcours ces illuftres malheureux, il faut encore par des
effets, qu'ils connoiffent toute
l'étendue de notre pouvoir : alors
fe tournant du côte de Katifé,
Seigneur, continua-t'il, quelque
touchée que Margeon foit de
votre féparation, elle eft toujours foutenue par l'efpérance que
vous n'êtes pas péri dans les flots :
nous avons pris foin de l'en inftruire en fonge, & elle eft fi bien
perfuadée de cette vérité, qu'a-
près avoir parcouru nombre de
Ports pour vous chercher, elle
touche au moment de vous rejoindre. Ah ! fage vieillard, s'é-
cria Katifé tranfporté de joie,
vous me rendez la vie. Eft-il bien
poffible que je vais revoir mon
adorable Margeon ? un bonheur

ſi ſurprenant eſt au-deſſus de mes
eſpérances : pardonnéz-moi ce
doute , généreux Génies, je ne
dois point en avoir ſur l'étendue
de votre puiſſance ; la maniere
extraordinaire dont je me trouve
dans ce lieu de délices, me doit
faire connoître que rien ne vous
eſt impoſſible ; mais Margeon
ſoupire éloignée de moi , & je
languis abſent de cette charmante
épouſe que j'adore.

Vos empreſſemens ſont juſtes ;
dit alors Cothrob , il faut les ſa-
tisfaire. Et bien , Seigneur, vous
allez voir dans le moment cette
épouſe qui fait l'unique objet de
vos attentions, & dont vous méritez la tendreſſe avec tant de
juſtice ; elle vient par mon pouvoir d'être tranſportée dans ces
lieux avec Abouriam , Khaled &
ſon époux ; alors les portes du
ſalon ayant été ouvertes par les
ordres de l'Iman ; on y vit entrer

la charmante Margeon, qui sans
faire aucune attention aux personnes qui y étoient , ni aux ma-
gnificences de ce lieu, courut se
jetter entre les bras de Katifé.
Chere lumiere de ma vie, lui
dit-elle , je vous retrouve donc ,
après vous avoir cru englouti
dans les flots. Ah ! que mon cœur
a été cruellement déchiré depuis
notre triste séparation , & que
vous m'avez couté de larmes !
Non ! sans mon pere, & votre aimable sœur , je n'aurois pas sur-
vêcu un seul moment à ce dernier
malheur que je croyois sans res-
source. Grand Prophete ! vous
seul pouviez leur fournir des rai-
sons capables de suspendre mon
désespoir, & vous m'avez bien
fa connoître par votre protection
toute singuliere , les effets de votre bonté. Oui, mon cher époux,
c'est sans doute cet ami de Dieu
qui a calmé la violence de mes

maux : c'eſt lui qui nous a conduit dans ces lieux enchantés par des voies qui nous ſont tout-à-fait inconnues. Quelles graces n'ai-je pas à lui rendre pour tant de bien-faits, puiſque c'eſt par ſes ordres que je me ſuis rendue avec Abou-riam & ſes enfans dans le Kara-venſerail de Cambaye ! Nous y ſommes arrivés ce matin, le Concierge nous y a reçu avec toute la politeſſe imaginable.

Sur le portrait que nous lui avons fait de votre perſonne, il nous a aſſuré que vous étiez venu loger chez lui il y a environ vingt jours, que vous n'y aviez paſſé qu'une nuit fort inquiéte ; & que, quoique vous lui euſſiez fait con-noître que vous étiez diſpoſé à attendre le départ d'un vaiſſe qui devoit dans quelques ſemai-nes faire voile pour la mer rouge, il y avoit apparence que vous aviez changé de ſentiment, puiſ-

que vous étiez dès le lendemain
matin parti du Karavenferail fans
lui dire vos intentions , & fans
même avoir pris congé de lui.
Affligée au dernier point de votre
départ, je lui témoignois la douleur que je reffentois , lorfqu'un
jeune homme qui étoit dans la
chambre , & qui nous a paru être
un Marchand Jouaillier, a pris
part à la converfation : Madame,
m'a-t'il dit , voulez-vous être inf-
truite , fur le champ , du lieu où
fe trouve la perfonne dont vous
êtes en peine , je vous trouverai
dans Cambaye une vieille femme
qui vous en dira de fûres nouvelles , & même qui pourra faire
quelque chofe de plus encore
pour vous.

Tranfportée de joie à des promeffes fi agréables , je l'ai prié
inftamment de nous aller chercher la vieille ; il y a été, l'a amenée avec lui,& après qu'elle a eu

confulté un livre qui n'étoit rempli que de figures hieroglifiques
pour nous : Tu retrouveras ton
époux, m'a-t'elle dit, avant que
l'Aurore paroiſſe, & tu lui rendras par ta préſence toute la joie
dont ſon cœur eſt privé. Si je ne
te dis pas la vérité , puiſſe notre
grand Prophete me priver pour
jamais de l'uſage de la parole.
Quelque peu d'apparence que je
viſſe dans les promeſſes de cette
femme , elles étoient trop flat-
teuſes pour que je n'en fuſſe pas
extrêmement touchée.

La joie qui brilloit dans mes
yeux ſe répandoit dans toutes mes
actions. Nous avons retenu cette
vieille à ſouper avec nous, le vin
l'a miſe de belle humeur ; elle
nous a fort agréablement amuſé
par des Hiſtoires plaiſantes qui
ont fort égayé notre repas, mais
je ne puis dire de quelle maniere
il s'eſt terminé, puiſque ſans nous
ſouvenir

souvenir comment il a fini, nous avons été transportés dans ces lieux charmans, où j'ai trouvé l'accomplissement de ce que m'a promis cette adorable femme.

Charmante Margeon, s'écria Katifé, quelles graces n'avons-nous pas à rendre à l'Envoyé de Dieu, pour toutes les bontés qu'il a pour nous ! Sçachez que vous avez, ainsi que moi, été en un moment apportée dans le Palais des Peris ; que ces Génies bien-faisans, soumis aux ordres de notre Souverain Prophete, n'ont fait sans doute, qu'exécuter ses volontés sur nos personnes, & que nous ne sçaurions trop vivement leur en marquer notre ex-trême reconnoissance : Nous ne demandons autre chose de ceux que nous obligeons, reprit Co-throb ; c'est aux cœurs seuls des mortels que nous en voulons : Nous connoissons la bonté des

vôtres , nous en sommes très-
satisfaits. Comme nous n'igno-
rons pas avec quelle impatience
le Sultan d'Aden attend Abouriam , & que ce sage Visir doit
répondre à son empressement ,
nous vous mettrons bientôt en
état de le satisfaire : mais après
tant de fatigues , vous devez
avoir besoin de repos , & l'on va
vous conduire dans des appartemens où vous trouverez de quoi
passer tranquillement la nuit.

Abouriam, son fils & Khaled,
étoient si surpris de tout ce qui
s'étoit passé depuis leur entrée au
Karavenserail , qu'ils en étoient
comme immobiles. Après avoir
tous remercié les prétendus Génies , ils passerent dans le lieu
qu'on leur avoit destiné , & y
trouverent des rafraîchissemens
d'un goût si délicieux , qu'ils ne
purent refuser d'en boire avant
que de se livrer au sommeil :

Comme, par les ordres de Cothrob, l'on y avoit mêlé de la décoction de Bueng, ils ne furent
pas plutôt profondément endormis, que le Prince Schirin profitant de leur affoupiffement, les
fit enlever par les efclaves defti-
nés à ces fortes d'opérations, &
les fit porter dans une chaloupe
qu'ils allerent par fon ordre atta-
cher au vaiffeau d'Abouriam, &
revinrent enfuite au Palais. Il eft
facile de juger de la furprife où
ces cinq perfonnes fe trouverent
le lendemain à leur réveil; bien
perfuadés de la réalité de tout ce
qui leur étoit arrivé, ils entrerent
dans leur vaiffeau, & après avoir
renvoyé la chaloupe à bord, ils
profiterent du vent qui leur étoit
favorable pour retourner à Aden.

Les Sultanes de Guzarate a-
voient été touchées du dénouement de cette hiftoire ; & fans
faire autrement attention à tout
K ij

ce qui avoit été dit & exécuté
par Cothrob, elles crurent que
comme ce grand homme pouvoit
avoir été informé par le Concierge du Karavanferail de l'arrivée
de Margeon, il s'étoit imaginé
que cette aimable perfonne uniquement occupée de la perte de
fon époux, avoit bien pu faire
des rêves conformes à ce qu'il lui
avoit dit de flatteur à ce fujet,
d'autant plus que Katifé étant
tombé dans la mer, dans un endroit qui n'étoit pas extrémement
éloigné de Dabul, il étoit proba-
ble qu'il eût pu gagner terre fur
ces côtes ou à quelque Port prochain.

A l'égard du Sultan Oguz, il
avoit paru très-content du récit
de ces avantures, & avoit témoigné plus d'une fois à Cothrob,
fon étonnement de ce que Katifé
avoit pu réfifter aux artifices que
Margeon avoit employé pour

éprouver son amour : Je vous
avoue, mon cher ami, lui dit-
il, que je ne me serois jamais
senti capable de soutenir de pareilles épreuves, quelque violente tendresse que j'eusse eu dans le
cœur pour une femme : Seigneur,
reprit l'Iman, il n'entre pas ordinairement en amour, tant de délicatesse dans celui des Sultans,
accoutumés à voir tout fléchir
devant eux; ils n'ont pas plutôt
formé des desirs qu'ils sont satisfaits, & je ne suis pas surpris que
vous pensiez ainsi ; mais quel
doit être aujourd'hui la satisfaction de ces incomparables amans!
ils sont sûrs que leur tendresse est
bien réciproque, & c'est véritablement dans une vie privée &
non sur le Trône, que l'on goûte
ordinairement ces plaisirs dans
toute leur pureté.

Oguz convint que la grandeur
d'un Monarque lui étoit souvent

incommode en amour ; & après
avoir fait plusieurs réflexions très-
solides sur le bonheur de ces heureux amans, comme il parut avoir
besoin de se livrer au sommeil,
Cothrob se retira, & le laissa en
liberté.

Le lendemain l'heure pour se
trouver au Sallon étant arrivée, il
y avoit déja quelque tems que les
Sultanes s'y étoient rendues avec
toutes les personnes qu'elles
avoient fait enlever du Karavenserail, & elles demandoient à
voix basse à Schirin, s'il ne leur
avoit pas fait conduire au Palais
quelque nouvel étranger, lorsque
ce Prince sans leur répondre,
ayant fait le signal dont il avoit
coutume de se servir pour faire
relever les portieres ; on vit sur
le Sopha & sur des Carreaux pla-
cés dans l'enfoncement de l'es-
trade, une femme d'environ soi-
xante ans, quatre filles fort jolies,

dont la plus âgée n'en paroiſſoit
pas avoir dix-huit, & deux jeunes garçons fort bienfaits, qui
pouvoient en avoir au plus chacun vingt-cinq.

LXII. SOIRE'E.

Hiſtoire de Mégnoun & de Leïleh.

IL fut très-facile aux Sultanes
de connoître par les habillemens de ces fortes de perſonnes,
que c'étoient des Danſeuſes &
des Danſeurs, & elles s'atten-
dirent à recevoir du plaiſir de ces
nouveaux venus ; il augmenta
bientôt par la ſurpriſe où ils parurent à leur réveil ; jamais on n'a
rien vû de plus ſingulier que toutes les attitudes différentes dans
leſquelles chacun des Acteurs &
Actrices ſe trouva ; & cela forma
un tableau ſi plaiſant, que les

Sultanes & les autres Spectateurs
ne purent s'empêcher d'en rire de
bon cœur. Ensuite Schirin prenant la parole : Cessez de vous
étonner, leur dit-il, & reprenez
toute la gayeté dont des gens
tels que vous font doués ordinairement ; imaginez-vous que dans
une nuit, vous avez tous été
transportés dans la Province du
Schadukiam (a) que vous êtes

---

[a] *Schadukiam*, est le nom d'une Province
fabuleuse du pays de Ginnistan, que les Romans Orientaux disent être peuplée de Dives
& de Peris; nous pourrions l'appeller le Royaume des Fées, aussi-bien que l'Empire des Génies, ou encore mieux, en suivant sa propre
signification, le pays de Cocagne, parce que
ce mot qui est Persien, est composé de deux
autres, qui signifient le plaisir & le desir. La
Ville Capitale de ce pays imaginaire, porte le
nom de *Ghevher-Abad*. La Ville des Joyaux;
ou *Mehelan* & *Mahan*, qui étoient de l'espéce
des Peris ou bons Genies, regnoient du tems de
Caherman. Ces deux Rois Peris ou Fées, qui
étoient molestés par les Dives ou Demons qui
leur faisoient une cruelle guerre, ayant appris
que ce Heros étoit à la Cour de *Schelan*, Roi
d'une autre Province du Ginnistan, implorerent

dans

dans le Palais de Ghevher-Abad,
& que deſtinés pour quelque
tems aux plaiſirs des Peris & Perizes qui l'habitent, votre bonheur dépendra de la maniere dont
vous vous acquiterez des devoirs
de votre profeſſion. Ces gens raſ-
ſurés par des promeſſes auſſi flat-
teuſes, reprirent bientôt leurs eſ-
prits, l'on vit la tranquillité & la
joié reparoître ſur leur viſage ; &
la vieille qui étoit la maîtreſſe de
cette troupe, leur ayant adreſſé
la parole : Mes enfans, leur dit-
elle, louons le Prophete qui a
permis que nous fuſſions conduits
dans ces lieux enchantés, & fai-
ſons nos efforts pour bien remplir
l'idée que ces illuſtres Genies ont
de nos perſonnes. Veulent-ils

_____

ſon ſecours contre de ſi fâcheux voiſins, & Caherman à leur priere exécuta dans cette occaſion les grands Exploits qui ſont décrits ample-
ment dans le Caherman Nameh, roman qui ſe
trouve dans la Bibliotheque du Grand Duc.

que par vos danſes & par vos
chants, vous leur exprimiez quelqu'avanture tragique ? ou bien le
comique les toucheroit-il davantage ? Oh ! que ce ſoit du comique, s'écria Goul-Saba, nous
demandons quelque choſe qui
nous réjouïſſe : Cela étant, dit la
vieille à ſa troupe, il faut que
vous donniez à ces Perizes la re-
préſentation des amours de Megnoun, (a) & de Leïleh : Quoique ce ſujet paroiſſe grave, mes
Acteurs ſçavent tellement tourner
cette Hiſtoire en plaiſanterie, que
je ne doute point que l'exécution
ne leur faſſe plaiſir. Megnoun,
ainſi que l'on ſçait, aima paſſio-
nément Leïleh ; & comme par
diſcrétion il n'oſoit pas tenter la
chaſteté d'une ſi vertueuſe perſonne, ſon amour devint ſi vio-

_____

(a) Voyez la Bibliotheque Orientale, aux
foli. 513 & 573.

lent, qu'il lui fit perdre le repos, &
qu'il quitta sa profession, pour ne
penser uniquement qu'à sa maîtresse : En peu de tems, ces belles réflexions le rendirent si mai-
gre & si extenué, qu'il avoit plutôt l'air d'un squelette que d'un
homme vivant. Leïleh qui le ren-
controit partout, lui demandoit
quelquefois la cause de ses ennuis,
ce sot amoureux n'osa jamais les
lui apprendre ; & cette conduite
l'ayant réduit à l'extrémité, il
écrivit, dans une lettre fort touchante, l'origine & le progrès
de ses amours, déclara que Leïleh, qui en étoit l'unique objet,
étoit aussi la cause de l'état déplorable dans lequel il étoit ; qu'il
n'avoit jamais osé l'en instruire,
& ordonna qu'on ne lui rendît
cette lettre qu'après sa mort ; ses
intentions furent exécutées, &
cette belle fille apprenant le triste
sort de son amant, fut si touchée

L ij

de fa perte, qu'accablée de douleur, elle ne lui furvêcut pas
long-tems. Les Auteurs Arabes,
Turcs & Perfans, ont écrit diffé-
remment de fi étranges amours;
Megnoun eft regardé par eux,
comme le modele des amans parfaits, & Leïleh comme la plus
belle & la plus chafte perfonne de
fon fexe.

Pour nous, qui fommes bien
perfuadés que de tels amoureux
font des êtres imaginaires, nous
n'avons pas traité ce fujet au fé-
rieux; & comme nous ne pouvons pas nous imaginer qu'il y ait
des amants fi fots, & des filles fi
réfervées, nous n'avons pas con-
fervé dans notre piéce les caracteres tels que les Romans nous
les dépeignent.

Leïleh s'apperçoit d'abord de
l'amour de Megnoun ; mais en
fille d'efprit, & qui ne veut pas
faire les avances, elle feint de ne

le pas voir ; cependant fon amant
eft fi timide , que dans les con-
verfations qu'elle a avec lui ,
voyant qu'elle emplóye inutilement toute fon adreffe pour lui
faire avouer fa paffion , elle a re-
cóurs à fa Suivante qui aime l'efclave de Megnoun. Cet efclave
eft un garçon dégourdi : il connoît
toute l'impertinence de fon maître , fe divertit beaucoup à fes
dépens : il lui donne des leçons
de tendreffe que Megnoun entraîné par fa timidité naturelle
n'ofe exécuter , ou exécute fort
mal fitôt qu'il revoit Leïleh. Enfin la Suivante de cette chafte
fille & l'efclave, font obligés de
repréfenter les perfonnages de
ceux à qui ils appartiennent, &
les oblige à les imiter : ils jouent
cette fcéne en leur préfence avec
tant de vivacité , & par dégrés
ils la pouffent fi loin , que Megnoun enhardi fait tout ce qu'il

voit faire à son esclave, & que
Leïleh lui laisse prendre toutes
les libertés que sa Suivante per-
met à son amant. Cette scéne est
un peu vive, je vous en avertis,
& mes Acteurs l'exécutent de
maniere qu'elle peut émouvoir
les plus insensibles ; cependant
ce n'est qu'avec l'agrément des
Spectateurs qu'ils la représentent
ainsi : suivant le goût de ceux qui
nous employent, on la rend plus
ou moins intelligible ; ainsi belles
Perizes, vous n'avez qu'à nous
faire entendre de quelle maniere
vous souhaitez qu'elle soit exécu-
tée. Avec toute la modestie possible, reprit Gehernaz, nous ne
voulons rien voir qui puisse le
moins du monde choquer la bien-
séance. Que vos Acteurs choisis-
sent un autre sujet, ou qu'ils s'ob-
servent exactement s'ils veulent
nous plaire ; ils vous obéiront,
reprit la vieille, & vous n'avez

qu'à leur ordonner de s'y disposer.

Sitôt que les Sultanes eurent
témoigné qu'elles souhaitoient
que la piece commençât, les Dan-
seurs & les Danseuses entrerent
sur la scéne; ils y exprimerent
avec tant de graces & de naïveté
toute l'histoire de Megnoun; &
celui sur-tout qui faisoit le rôle
de l'esclave, joua son personnage
avec un comique si parfait, que
toute l'assemblée en fut char-
mée: l'on admira même la délicatesse avec laquelle il rendit
les scénes sur lesquelles on lui
avoit recommandé d'être mo-
deste, & la Danseuse qui les
jouoit avec lui, ne fut pas moins
applaudie pour la maniere simple & naturelle avec laquelle
elle les exécuta, sans blesser le
moins du monde les bienséan-
ces de son sexe. Si tous les Spectateurs furent extrêmement con-

tens, Goul-Saba le fut encore plus que les autres ; mais
quelque plaifir qu'elle eût eu
à cette repréfentation , il fut
moins vif que celui qu'elle reffentit à la vûe de l'Acteur qui
jouoit le rôle de Megnoun :
c'étoit un gros garçon de bonne mine ; il avoit des cheveux
noirs tout bouclés, les plus beaux
yeux que l'on pût voir, & une
phifionomie qu'on ne pouvoit
définir , parce que fuivant les
differentes paffions qu'il vouloit
repréfenter , elle étoit variée à
un point qu'il en étoit mécon-
noiffable ; malgré cela, hors de
deffus la fcéne, l'on peut dire
que c'étoit un fort bel homme :
auffi Goul-Saba en fut-elle fi frappée, que dès ce moment elle
lui auroit fait connoître toute fa
tendreffe , fi elle n'avoit pas craint
les reproches des autres Sultanes. Cependant ne pouvant fe

contraindre à un certain point :
Megnoun, lui dit-elle, car je ne
vous connois pas fous un autre
nom, je fuis fi fatisfaite de votre
jeu, que je veux vous donner
des marques de mon amitié : recevez ce rubis, & portez-le
pour l'amour de moi. Alors ti-
rant de fon doigt une bague de
prix, elle la préfenta à cet Acteur, qui la reçut avec une extrême joie, & avec le plus profond refpect.

Les Sultanes furprifes du préfent que Goul-Saba venoit de
faire, & de l'air gracieux dont
elle l'avoit accompagné, ne dou-
terent point qu'elle n'eût conçu
une violente paffion pour ce jeune homme, & dans la crainte
qu'elle ne prît avec lui quelqu'engagement, elles ne juge-
rent pas de meilleur moyen pour
l'en détourner, que d'obliger
cet Acteur à leur raconter les

avantures de sa vie. Pour cet effet, Gehernaz prenant la parole :
Megnoun, lui dit-elle, vous devez vous estimer bien glorieux
de recevoir des marques aussi
brillantes de la protection de
cette belle Perize ; mais apprenez que ce présent ne vous est
fait qu'à condition que vous nous
ferez un récit des plus sincere
de votre vie. Prenez garde de
vous écarter le moins du monde
de la verité la plus exacte. Vous
devez croire, si cela vous arri-
voit, que découvrant dans le
moment l'imposture, vous en-
coureriez notre indignation. Illustre Perize, répondit alors le
jeune homme, il suffit que vous
me l'ordonniez, pour que je ne
vous cache rien de mes avantures, telles qu'elles puissent être.
Ainsi vous me voyez prêt à vous
satisfaire ; alors voyant qu'on lui
prêtoit silence, il commença en
ces termes.

HISTOIRE

De Maſſoud fils de Soffar.

MOn pere étoit un Chau-
dronnier Arabe, établi à
Schiraz, & il n'étoit connu dans
cette Ville que par le ſurnom
de (*a*) Soffar, qu'on lui donnoit
par excellence, parce qu'il tra-
vailloit dans ſa profeſſion avec
une extrême propreté, & que
les ouvrages qui ſortoient de ſes
mains, étoient parfaits dans leur
genre. Il demeuroit dans le voi-
ſinage d'un Philoſophe, qui quoique jeune, étoit très-habile,
& qui l'employoit ſouvent à faire des alembics, ou d'autres
vaiſſeaux propres à travailler à

_____

(*a*) Soffar, ſignifie en Arabe le Chaudronnier.

la Chimie. Comme mon pere
étoit obligé d'aller souvent chez
ce Philosophe, il eut occasion
d'y faire connoissance avec une
esclave appellée Nour, âgée
d'environ trente ans, & cette
fille en étant devenue amou-
reuse, eut tant de complaisan-
ce pour lui, que son maître s'apperçut bien-tôt du commerce
qu'elle avoit avec Soffar.

LXIII. SOIRE'E.

Suite de l'Histoire de Massoud
fils de Soffar.

LE Philosophe n'eut pas plutôt connu la foiblesse que
Nour avoit eu pour Soffar, qu'il
en entra dans une violente colere; & s'étant saisi d'un bâton,
il se jetta sur ce pauvre Chaudronnier, & l'auroit assommé

de coups, s'il ne se fût dérobé
aux premiers mouvemens de sa
fureur. A l'égard de Nour, elle
n'eut recours qu'à ses larmes ; &
s'étant jettée aux pieds du Philosophe, elle le toucha de maniere, qu'elle obtint la grace de
mon pere & la sienne, Nour,
lui dit-il, levez-vous, & voyez
ce que vous perdez aujourd'hui ;
je vous avois assez distinguée de
mes autres esclaves, pour vous
faire comprendre que je vous aimois ; je croyois trouver en vous
une personne raisonnable. Avec
la liberté que j'allois vous donner, je vous aurois offert une
place dans mon lit, & je vous
estimois assez pour vous juger
digne d'être ma femme ; je me
suis heureusement trompé ; la
conduite que vous avez tenue
avec un vil Chaudronnier, me
fait connoître la bassesse de vos
sentimens, & combien j'aurois

été malheureux en m'affociant avec une perfonne de votre caractere. Je loue le Ciel de ce qu'il ne l'a pas permis. Faites avertir le Cadi & l'Iman : en leur préfence, je vais vous délivrer d'efclavage, & vous lier avec Soffar qui a été affez hardi pour deshonorer ma maifon. Il trouvera peut-être dans ce mariage la punition de fon infolence.

Les ordres du Philofophe furent executés fur le champ. Nour fut affranchie chez le Cadi; elle époufa enfuite Soffar, & l'émotion qu'elle avoit reffentie dans cette journée fut fi violente, qu'à peine fut-elle arrivée dans la maifon de fon mari, qu'elle y accoucha de moi à fept mois. Mon pere en fut fi tranfporté de joie, qu'il me nomma Maffoud, (a) prétendant que

_____

(a) Fortuné.

j'étois né pour être heureux ; cela feroit peut-être arrivé, fi avant ma naiffance, le Philofophe n'avoit pas tenu à ma mere les difcours que je viens de vous rapporter ; elle reffentit tant de chagrins d'avoir manqué par fa faute un établiffement auffi folide & auffi brillant, que concevant dès ce moment une extrême averfion pour mon pere, j'en reffentis bien-tôt le contre-coup ; elle me regarda comme le feul obftacle à fa fortune, puifque, fi je n'avois pas été le fruit indifcret de fes amours, elle auroit pû cacher fon commerce avec Soffar, & devenir l'époufe du Philofophe qui étoit fort bel homme, riche, & très-eftimé dans Schiraz.

Mon pere qui s'étoit cru au comble du bonheur en époufant Nour, fentit bien-tôt qu'il étoit le plus malheureux de tous les hommes ; il n'éprouva que

des mépris de sa femme, & il ne
se passoit pas de jour qu'elle ne
lui reprochât que ses sollicitations & la foiblesse qu'elle avoit
eu pour lui, lui avoient fait manquer sa fortune ; enfin elle en usa si
mal avec lui, qu'il en tomba malade de chagrin, & mourut sans que
ma mere fût touchée des reproches qu'il lui fit dans ces derniers
momens, ni qu'elle témoignât le
moindre regret de sa perte.

Le Philosophe instruit par
mon pere de la cause de sa maladie, fut très-fâché d'y avoir
contribué par la déclaration
qu'il avoit faite à Nour ; la conduite qu'elle avoit tenue avec
son mari, ne lui inspira pas beaucoup d'estime pour elle, &
voyant qu'elle me négligeoit
tout-à-fait, & même qu'elle n'a-
voit pas voulu me nourrir, il eut
la bonté de prendre soin de moi.

Ma mere qui n'avoit écouté
que

que ſes idées ridicules de grandeur, fut bien ſurpriſe quelques
mois après la mort de Soffar, de
voir que ſa boutique ſe décredi-
toit tous les jours; les ouvriers
qu'elle ne ſçavoit pas gouverner
l'abandonnerent bien-tôt: enfin, il
ne ſe paſſa pas ſix mois, qu'étant
tombée dans la miſere, elle eut
recours à ſon ancien maître, aux
pieds duquel elle alla ſe jetter:
Seigneur, lui dit-elle, en fondant en larmes, permettez que je
rentre dans l'eſclavage dont je
ne méritois pas de ſortir; livrée
à des malheurs que je reconnois
m'être attirés par ma ſeule faute,
ne m'abandonnez pas à mon déſeſpoir, & ſouffrez que j'em-
braſſe vos genoux; je ne les quit-
terai point que je n'aye obtenu
de vous cette grace. Levez-vous,
Nour, lui dit le Philoſophe, rentrez chez moi, puiſque vous le
ſouhaitez, non pas comme eſ-

clave, mais avec tous les droits
que vous avez acquis lorfque je
vous ai donné la liberté, & reprenez les mêmes fonctions que
vous aviez dans ma maifon : j'oublie toutes vos fautes ; que le paffé vous rende fage.

Ma mere verfant des larmes
en abondance, baifa la main
d'un fi bon maître ; & penetrée
de fa generofité, elle redoubla
fes foins pour l'économie de fa
maifon ; mais malgré la fatisfaction qu'elle y devoit avoir, elle
fe livra à une mélancolie fi noire, qu'elle ne furvêcut mon
pere que de huit mois.

A peine avois-je deux ans,
lorfque je perdis ma mere, &
je puis dire que je ne fis pas une
grande perte, puifque je n'avois
jamais trouvé en elle que des
fentimens d'une marâtre ; le
Philofophe m'ayant continué
fes bontés, je fus élevé jufqu'à

six ans chez la femme qui m'a-
voit nourri, & qui commença à
m'apprendre à lire & à écrire ;
& mon maître m'ayant mis au
fortir de-là chez un Molla (a)
pour achever de m'inftruire, il
me retira enfuite chez lui, où
je lui rendis tous les fervices
proportionnés à mon âge.

J'avois à peine douze ans lorfque mon maître me fit entrer
un jour dans fon cabinet. Maffoud, me dit-il, quoique tu fois
encore bien jeune, comme je
te connois pour être fage, je vais
te faire une confidence que je
n'ai encore faite à perfonne :
mon pere qui étoit un fameux
Médecin, partit de Schiraz, il
y a environ dix-huit ans, pour
aller en Egypte ; quoique je lui
repréfentaffe qu'il avoit plus de

(a) Le Molla eft une efpece de Doc-
teur de la Loi Mufulmane.

M ij

quatre-vingts ans, je ne pus obtenir de lui qu'il n'entreprît pas
un voyage aussi long & aussi pé-
nible; depuis ce tems je n'ai eu
de lui aucune nouvelle; & comme il n'avoit que moi d'enfant,
il me remit, à son départ, trois
phiolles pleines de liqueurs,
qu'il m'assura être d'un prix ine-
stimable, puisqu'elles avoient la
vertu de ressusciter un mort; il
me dit que pour cet effet, en
versant de la premiere phiolle
sur les levres d'un homme peu
après que l'ame seroit séparée
de son corps, elle y retourne-
roit; qu'en y répandant de la se-
conde, il se redresseroit; &
qu'en lui faisant avaler quelques
goutes de la troisiéme, il re-
prendroit tout-à-fait la vie, &
feroit toutes ses fonctions comme auparavant: il ajouta qu'il
n'avoit voulu se servir de ce secret que très-rarement, dans la

crainte de commettre un trop
grand péché, en entreprenant
sur ce qui étoit réservé à Dieu
seul ; & que par la même raison, il m'exhortoit à n'en user
qu'avec beaucoup de retenue,
devant plutôt admirer l'excellence de ce remede que de m'en
servir ; & m'assurant qu'à son retour, il m'enseigneroit un secret
aussi rare.

LXIV. SOIRE'E.

Suite de l'Histoire de Massoud Fils de Soffar.

AUssi scrupuleux que mon
pere, poursuivit le Philosophe, je n'ai point encore fait
l'épreuve de ces trois bouteilles
que tu vois bien numerotées ;
mais si par quelque évenement
que je ne puis prévoir, je venois
à mourir subitement, n'oublie

point de les prendre dans cette armoire dont tu trouveras la clef dans ma poche ; & avant que mon corps foit reftoidi, ne manque pas de me les verfer l'une après l'autre dans la bouche, en te reglant fur les numeros marqués par les étiquettes ; & fi ce remede opere, ainfi que mon pere me l'a affuré, fois sûr d'une récompenfe proportionée au fervice que tu m'auras rendu. J'écoutois le difcours de mon maître avec toute l'attention poffible, continua Maffoud, & j'eus befoin de mettre en pratique les inftructions qu'il m'avoit données avant que l'année fût révolue.

Un jour qu'il m'avoit chargé de plufieurs commiffions dans Schiraz, & qu'après les avoir exécutées, je revenois au logis, je trouvai dix ou douze perfonnes affemblées à la porte de notre maifon ; j'en demandai la rai-

son., l'on me dit que mon Maître
s'étoit trouvé extrêmement mal
chez un de ses amis., qu'on venoit de le reporter chez lui., &
qu'on croyoit qu'il n'avoit plus
que quelques momens à vivre.
Emû d'une pareille nouvelle, je
me rendis promptement auprès
de lui : je le trouvai sans connoif-
sance, & le Chirurgien qui venoit de lui appliquer les ventou-
ses, nous ayant assuré qu'il étoit
mort, la maison fut en un moment remplie de cris & de trif-
tesse. Comme je ne songeois qu'à
exécuter les ordres du défunt,
je me saisis promptement de la
clef de l'armoire ; & pendant que
ses esclaves étoient occupés à
tout ce qu'il falloit préparer pour
les obsèques de leur maître, je
m'enfermai avec lui, je pris les
trois bouteilles, & je n'eus pas
plutôt mis dans sa bouche quelques goutes de la liqueur qui

étoit dans la premiere, que je sentis son poux se ranimer, & que
je vis la pâleur de la mort faire
place sur son visage aux couleurs
les plus vives ; encouragé par un
si bon succès, je versai de la se-
conde liqueur avec beaucoup de
confiance ; mais quelque prévenu
que je fusse, ce ne fut pas sans
une extrême émotion que je vis
cet homme se relever sur son
séant : Comme j'étois dans une
espece d'extase à la vûe d'une
opération si merveilleuse, & qui
ne demandoit apparemment pas
d'intervale, je ne me pressois pas
de lui donner de la troisiéme bouteille, lorsqu'impatient de retourner dans ce monde, quoiqu'il n'y
eût pas plus d'une demie heure
qu'il en fût sorti, il s'écria d'une
voix si aigre, & avec des yeux
tellement remplis de colere, *verse*, *verse*, que j'en fus épouvanté,
& que croyant que c'étoit le diable

ble qui animoit ce corps, je laiſſai tomber par terre la boëte où
étoient les trois phiolles, qui ſe
caſſerent en mille pieces, & je
vis à l'inſtant ce pauvre homme
qui m'avoit paru plus qu'à demi
reſſuſcité, contraint de ſe recou-
cher de nouveau, ſans eſpérance
de ſe relever avant le jour du ju-
gement dernier. La frayeur me ſai-
ſit alors à un tel point, que je tombai à la renverſe, dans un état preſque pareil à celui du Philoſophe.
On vint quelque tems après heur-
ter à la porte ; comme elle ſe trouva fermée, on l'enfonça ; & après
que l'on m'eut ſecouru, l'on rendit les derniers devoirs à notre
Maître.

J'étois ſans aucun bien, continua Maſſoud, je ne ſçavois où
donner de la tête, & je me voyois
dans la derniere miſere, lorſqu'il
paſſa à Schiraz une troupe de
danſeuſes ; elles avoient à leur tê-

te une vieille, qui dans son tems
avoit été la premiere Actrice de
l'Orient ; elle me trouva sur la
brune, au coin d'une rue assis sur
une pierre, & dans une situation
qui lui fit connoître l'état déplorable dans lequel j'étois ; elle eut
pitié de moi ; & informée du sujet de ma douleur, & de la mi-
sere où j'allois me trouver, elle
me proposa de prendre parti avec
elle ; la situation où j'étois, ne
me permettoit pas d'en refuser
aucun ; je l'acceptai sans hesiter,
& dès ce moment, cette bonne
femme m'emmena dans une maison des Fauxbourgs de Schiraz,
qu'elle avoit louée pour elle &
pour sa troupe. Comme j'avois à
peine atteint treize ans, & qu'il
n'y avoit pas d'apparence que je
pusse à cet âge jouer des rolles
d'hommes, elle ne m'eut pas plutôt introduit dans sa chambre,
que me choisissant dans sa garde-

robe ambulante , un habit & une
coëffure de femme , elle me les
fit mettre, & m'ayant trouvé charmant fous ce déguifement , elle
me fit entendre qu'elle me defti-
noit à repréfenter les amoureufes,
& qu'elle vouloit que je cachaffe
mon fexe , même à toute fa troupe : enfuite m'ayant fait répéter
quelque petite fcéne, & m'ayant
trouvé des talens naturels pour fa
profeffion , elle employa tous les
fiens pour me rendre parfait dans
ce genre ; en effet, je n'eus pas
profité pendant trois mois de fes
inftructions, que fous le nom de
Roufchen (a) qu'elle m'avoit
donné, elle me crut capable de
remplir les premiers rolles, & je
répondis fi bien à fon attente,
que tous les Seigneurs de Schiraz & des Villes par où nous paf-
fâmes enfuite , ne manquoient

(a) *Roufchen*, fignifie lumiere en Perfien.

N ij

pas de nous faire venir chez eux ;
& par la réputation que nous
avions d'être une troupe fort complette, notre Gouvernante gagna
beaucoup d'argent.

Comme vous sçavez, illustres
Périzes, que les Danseuses sont
destinées aux plaisirs du public
de plus d'une maniere, les vœux
des jeunes gens qui me prenoient
pour une fille, s'adressoient souvent à moi ; mais la Directrice
de la troupe qui ne vouloit pas
(je ne sçais par quelle fantaisie)
que je fusse reconnu pour ce que
j'étois, ne manquoit jamais,
quand nous allions en ville, de
me faire mettre un caleçon (a)

_____

(a) L'art de la danse est non-seulement
deshonnête, mais même infâme en Orient,
sur-tout à l'égard des femmes, parce que les
Danseuses sont constamment femmes publi-
ques ; ce sont ordinairement des hommes qui
touchent les instrumens. Les plus nouvelles
Actrices ouvrent la scéne qui commence par la
description de l'amour, dont elles dépeignent

noir ; elle arrêtoit par-là les de-
firs de tous ceux qui pouvoient
jetter les yeux fur moi ; mais en
voulant fans une raifon effentiel-
le cacher ainfi mon fexe, elle fut
caufe que je fus bientôt féparé de
fa troupe par une avanture finguliere. La veuve du Gouverneur

---

en chantant les appas & les enchantemens ;
elles repréfentent enfuite toutes les paffions
qu'il fait naître, c'eft là d'ordinaire le premier
acte ; on voit au fecond la troupe féparée en
deux Chœurs, repréfenter l'un les pourfuites
d'un amant paffionné, l'autre les rebuts d'une
fiere maîtreffe. Le troifiéme contient l'accord
des amans, & c'eft là deffus que les Actrices
fe furpaffent, & qu'elles épuifent la voix & les
geftes ; & quoique fouvent les yeux & les
oreilles, en qui il eft quelque pudeur, foient
obligés de fe détourner, ne pouvant foutenir
ni l'effronterie, ni la lafciveté de ces derniers
actes, cela ne bleffe point pour l'ordinaire la
vertu Orientale. Lorfque ces femmes publi-
ques font dans l'état de la fouïllure legale, elles
portent un caleçon de taffetas noir, afin qu'on
ne les touche pas, & alors même on les fait
manger à part.

Voyages de Chardin. Tome 2. folio 247. &
Tome 4. folio 194.

N iij

de Tauris (*a*) où nous étions pour
lors, appellée Raoudhah, (*b*)
âgée au plus de vingt-huit ans,
venoit de marier sa fille, qui en
avoit à peine douze, à un jeune
Seigneur de cette Ville ; les nôces s'étoient faites avec beaucoup de magnificence, & vous
pouvez croire qu'on n'avoit eu
garde de manquer à nous y appeller pour orner la fête : nous
procurâmes tout le plaisir possible
à l'assemblée ; il n'y eut presque
aucun jeune Seigneur qui ne me
regardât avec quelque dessein sur
ma personne. La veuve du Gouverneur s'en apperçut, & ayant
fait appeller notre Directrice,
elle lui demanda depuis quand

_____

(*a*) Tauris autrefois Capitale de la Perse ;
on la prend pour l'ancienne Ecbatane Capitale
de la Medie, quoique les Voyageurs assurent
qu'on n'y voit aucuns vestiges des Palais qui
étoient dans cette Ville.

(*b*) *Raoudhah*, signifie en Persien Prairie
semée de fleurs.

j'étois dans sa troupe : depuis environ deux ans, Madame, lui dit-elle, & cette jeune fille n'y est entrée qu'à condition que toutes les fois que nous irions en Ville, elle porteroit toujours le caleçon noir ; elle ne se sent pas d'inclination à remplir toutes les fonctions des Danseuses ordinaires, & je lui ai accordé qu'elle pourroit vivre à sa fantaisie, sans la gêner en aucune maniere.

La veuve fut touchée des sentimens de vertu qu'on l'assura que j'avois ; elle fit de grandes leçons de morale à notre maîtresse, & cette femme ayant paru touchée de ses remontrances, elle lui fit promettre qu'elle abandonneroit le genre de vie qu'elle menoit, & pour être sûre qu'elle lui tiendroit parole, elle lui offrit trois mille pieces d'or, si elle vouloit m'engager à quitter cette profession, & à rester auprès d'elle.

Notre Directrice se trouva assez embarrassée à cette proposition, dont l'évenement pouvoit être de conséquence pour elle ; cependant comme elle n'avoit pas envie de faire un long séjour à Tauris, & qu'elle prit sur le champ la résolution d'en partir le lendemain, elle n'hésita pas à me remettre entre les mains de Raoudhah.

Je fus d'un étonnement extrême, quand cette vieille m'ayant fait appeller, elle me déclara que j'appartenois à cette belle veuve, non pas à titre d'esclave, mais comme une fille pour laquelle elle avoit pris du goût, dont elle admiroit la vertu, & qu'elle vouloit avoir auprès d'elle pour lui tenir compagnie : j'eus beau faire signe à la Directrice que je ne sçavois comment me tirer de l'embarras dans lequel elle me jettoit; elle reçut en ma présence les trois mille pieces d'or, & en m'em-

braffant pour me dire adieu, joue
bien ton rolle mon enfant, me
dit-elle, & profite de l'occafion
favorable de faire une fortune des
plus brillantes ; enfuite la vieille
me quitta fans attendre ma réponfe, & me laiffa avec Raoudhah.

LXV. SOIRE'E.

Suite de l'Hifloire de Maffoud Fils de Soffar.

JE ne fus jamais plus furpris,
pourfuivit Maffoud, que quand
je vis que la Directrice de la troupe avoit ainfi difpofé de moi ; je
ne fçavois quelle contenance tenir, & fi je ne pus m'empêcher
de verfer des larmes en abondance en ce moment, ce fut moins
par rapport à ce que la vieille me
quittoit ainfi, que par la crainte
où je me trouvai que le dénoue-

ment de cette avanture ne me fût funeste. Raoudhah essuya mes pleurs avec toute la bonté imaginable : Ma chere fille, me dit-elle, en me baisant tendrement, je suis touchée de votre bon cœur, vos sentimens me charment ; mais comme vous n'auriez pû long-tems résister aux sollicitations des jeunes libertins, j'ai cru faire une action très-méritoire en vous arrachant à une profession si dangereuse, que vous ne faisiez que par nécessité, & dans laquelle, tôt ou tard, votre vertu auroit succombé ; cessez donc de vous affliger du départ de la vieille, & comptez que vous avez en moi une personne qui vous aimera comme pourroit faire une mere véritable, & dans laquelle vous trouverez toute la protection que vous méritez.

Je devois être un peu rassuré par les caresses de cette aimable

Dame ; cependant mon inquiétude me donna un certain air de
timidité & de pudeur, dont elle
fut d'autant plus enchantée, que
quoique dans un âge où les paffions font encore très-vives, elle
avoit renoncé aux plaifirs, & faifoit profeffion d'une vertu des
plus aufteres ; elle m'accabla de
careffes, me fit manger avec elle,
& quand la nuit fut venue, elle
ordonna qu'on me plaçât un lit
dans fa chambre à côté du fien ;
je dormis très-peu cette nuit,
non pas parce que j'étois à côté
d'une femme très-aimable ; (car
ma fimplicité étoit fi grande, que,
quoique j'euffe fouvent exprimé
dans nos piéces les paffions les
plus vives, je n'en avois encore
reffenti aucune, qui eût du rapport
à l'amour) mais parce que je crai-
gnois toujours que Raoudhah venant à me connoître pour ce que
j'étois, elle n'entrât dans une vio-

lente colere contre moi, & ne
me fît punir d'une faute, où je
n'avois point de part. Enfin le
matin étant venu, Roufchen, me
dit-elle, ma chere fille, vous êtes
depuis deux ans dans la compagnie de gens qui ne font pas fcru-
puleux obfervateurs de notre Loi;
je fuis perfuadée même que la
vie ambulante qu'ils menent,
leur fait fouvent obmettre un des
principaux points de notre Religion, qui eft la pureté du corps;
elle ne s'acquiert que par l'ablu-
tion légale, c'eft un devoir dont
je fouhaite que vous vous acquit-
tiez exactement, & pour cet effet
j'ai ordonné que l'on nous prépa-
rât le bain.

Vous pouvez juger de la fituation où je me trouvai à ce difcours, j'en penfai mourir de
frayeur, & la veuve m'ayant demandé ce que j'avois pour paroître fi émûe, je me jettai à fes

pieds plus pâle que la mort : Madame, lui dis-je d'une voix tremblante, permettez que je ne me releve point de devant vous, que je n'aye obtenu le pardon de ma témérité. je ne fuis point ce que je parois à vos yeux, & fous les habits d'une fille, vous voyez un infortuné jeune homme, à qui la gouvernante des Danfeufes, par caprice, & pour fon feul interêt, a fait jouer depuis deux ans un perfonnage auffi indécent à fon fexe ; elle ne m'a point donné le tems de m'oppofer aux conventions qu'elle a faites avec vous, puifque je n'en ai été inftruit qu'au moment qu'elle m'a remis entre vos mains : Voilà, Madame, la fource de mes larmes, & vous avez pû connoître par mes craintes & par mes inquiétudes, que je n'ai nulle part à la tromperie qu'elle vous a faite.

On ne peut être plus étonné

que le fut en ce moment la belle
Raoudhah, elle fut quelque tems
fans parler ; enfuite prenant tout
d'un coup fon parti en femme
d'efprit, & que fa réputation mettoit au-deffus de tout : Quoi, Roufchen, me dit-elle, il eft bien vrai
que vous n'êtes pas une fille ? Ah!
fans doute mon cœur preffentoit
un évenement auffi extraordinaire, & je ne comprenois pas en
effet, comment j'avois pu reffen-
tir une paffion auffi violente pour
une perfonne de mon fexe. Je
vois bien à préfent que la nature
ne fe trompe point chez nous ;
c'étoit le beau Roufchen que j'a-
dorois fans le fçavoir ; je ne perds
point au change ; & je rends grace au fouverain Prophete de la
bonté qu'il a de me procurer un
amant plus beau que l'amour même, & de permettre que ce foit
par une voye auffi finguliere ,
puifque toute la Ville de Tauris

me verroit entre fes bras, fans ofer foupçonner ma vertu.

LXVI. SOIRE'E.

Suite & conclufion de l'Hiftoire de Maffoud, fils de Soffar.

MOn cher enfant, me dit alors la veuve en m'embraffant avec les tranfports les plus vifs, que mon fort feroit heureux fi vous répondiez avec l'affection que je demande de vous, à toute la tendreffe que je reffens pour votre aimable perfonne! Ah! je mourrois de douleur, fi vous n'étiez pas fenfible à tout l'amour que j'ai pour l'adorable Roufchen.

Que vous dirai-je, pourfuivit Maffoud? les careffes les plus touchantes d'une des plus belles femmes du monde, m'émûrent à un

point que je fentis dans le moment un feu violent qui me cou-
roit dans les veines. Comme ce
qui fe paffoit en moi m'étoit nouveau, & que jufqu'alors je n'avois
rien reconnu de pareil dans ma
perfonne, j'étois dans un embarras extrême dont les bontés de
la veuve me tirerent, & je lui
devins fi cher en peu de momens,
qu'elle me jura cent fois qu'il n'y
avoit rien au monde qu'elle ne
voulût me facrifier, & qu'elle
expireroit de défefpoir, fi j'étois
capable de ceffer de répondre à
fa tendreffe avec la même vivacité que je venois de lui témoigner.

Enhardi par les bontés de ma
belle veuve : Adorable Raoudhah, lui dis-je en l'embraffant,
ne craignez pas que l'amour que
vous m'avez donné diminue, je
n'ai befoin que de vos préceptes,
pour qu'il augmente tous les
jours

jours, & je vous jure par le Seigneur (a) des enfans d'Adam,
que vous trouverez en moi un
difciple, dont la docilité s'effor-
cera de mettre à profit les leçons
qu'il recevra d'une auffi charmante maîtreffe.

Raoudhah fe mit à rire de tout
fon cœur de la naïveté de ma réponfe ; elle me conduifit au bain
que notre Religion nous recommande avec tant d'exactitude, &
comme fes efclaves étoient bien
éloignées de croire que je fuffe
un garçon, elles ne furent point
fcandalifées de voir que j'avois
accompagné feul notre maîtreffe
en cet endroit, ni des bontés
exceffives qu'elle parut dans la
fuite avoir pour moi.

Il y avoit plus de quatre mois
que je menois la vie du monde
la plus délicieufe, lorfqu'un jour

(a) Mahomet.

je trouvai Raoudhad extrêmement trifte & rêveufe. Qu'avez-
vous donc, ma belle maîtreffe, lui
demandai-je avec empreffement ?
Ah ! Roufchen, me dit-elle en
m'embraffant & en verfant quelques larmes, que je vais payer
cher la tendreffe que je vous ai
marquée ! Depuis que vous êtes
avec moi, j'ai des preuves cer-
taines que je fuis enceinte.

Qu'eft-ce que cela fignifie,
repris-je précipitamment ? cela
veut dire, me dit la belle veuve,
que depuis quatre mois & plus je
porte dans mes entrailles un petit
ferpent qui va découvrir aux yeux
de toute la ville de Tauris, la
foibleffe que j'ai eu pour vous.
Ah ! divine Raoudhad, m'écriai-
je, & quel eft le déteftable Magicien qui vous a jetté un pareil fort ?
Ah ! fi je le connoiffois !... Dans
quelque affliction que fût ma
veuve, elle trouva ma réponfe fi

finguliere, & la colere que je témoignois contre ce Magicien, lui parut si plaifante, qu'elle en penfa mourir de rire ; elle m'expliqua plus clairement le fujet de fes allarmes, & ce ne fut qu'avec une peine extrême qu'elle me fit comprendre que j'étois l'auteur de tous les maux qu'elle fouffroit ; elle avoit une fort belle maifon à huit lieuës de Tauris, elle réfolut d'y aller cacher fa groffeffe, n'y mena avec elle que deux perfonnes, dont l'une étoit fa nourrice, & l'autre la fille de cette femme, & nous nous retirâmes dans ce Château, n'ayant avec nous, outre ces femmes, que quelques domeftiques indifpenfables pour le dehors.

Raoudhah extrêmement incommodée dans les derniers mois, étoit d'une très-mauvaife humeur ; elle ne recevoit pas mes careffes comme elle avoit coutume de le

O ij

faire, cela m'inquiétoit, je n'ofois
pas lui en demander la raifon ; la
fille de fa nourrice étoit fort jolie,
je me trouvois quelquefois avec
elle, pendant que Raoudhah re-
pofoit ; je lui appris ce que je
fouffrois par rapport à ma belle
maîtreffe ; elle eut la bonté d'entrer dans mes peines, & de s'offrir
à les foulager, fi elle s'en croyoit
digne. Je n'y entendois pas de
fineffe, je profitai de fa bonne
volonté, & je trouvai dans cette
fille des agrémens que je n'avois
pas rencontré dans ma veuve.
Comme je ne croyois pas faire
de mal en cette occrfion, & que
je ne m'imaginois pas que cela
dût la fâcher, je ne pris pas toutes
les précautions néceffaires pour
cacher ce commerce, & Raoudhah m'ayant un foir furpris avec
cette jeune fille, à ne pouvoir
douter de notre bonne intelligen-
ce, elle entra dans une fureur fi

excessive, que sans balancer, elle
lui porta un coup de poignard,
dont elle lui perça le cœur.

Jamais il n'y eut de surprise ni
de frayeur égale à la mienne, lorsque je vis cette malheureuse fille
expirer à mes yeux, & Raoudhah
vouloir se jetter sur moi pour me
traiter de la même maniere: comme
l'état dans lequel elle étoit, l'empêchoit d'agir avec autant de vivacité qu'elle paroissoit le souhaiter,
j'évitai ses coups par une prompte
fuite, & me jettant dans une garderobe dont je fermai la porte sur
moi, je me préparai à défendre
ma vie, si elle étoit assez injuste
pour l'attaquer. Il y avoit heureusement dans le lieu où je m'étois
refugié quelques hahits de campagne du défunt Gouverneur, dont
m'étant promptement revêtu, je
laissai les miens en leur place, &
sautant par la fenêtre qui donnoit
dans le jardin, je trouvai le moyen

de fortir de ce Château, que j'entendis retentir des cris de toutes parts : je me fauvai promptement, & m'étant arrêté dans le plus prochain Village, où je paffai la nuit, j'y appris le lendemain le détail de toute mon hiftoire, & je fus de plus informé que Raoudhah enragée de ce que j'avois échappé à fa vengeance, s'étoit frappée du même poignard, & qu'en expirant entre les bras de fa nourrice, elle avoit caufé la mort de fon enfant. Je me gardai bien de laiffer voir fur mon vifage la part que je prenois à une avanture auffi tragique, & m'éloignant avec précipitation de ces lieux, je pris la route d'Hifpahan où je retrouvai heureufement la Troupe dans laquelle j'étois, lorfque nous arrivâmes à Tauris. Notre vieille Directrice m'y reçut avec beaucoup de joie ; mais n'ayant plus voulu y paroître fous le perfonnage d'une fille, j'y

pris les rôles d'Amoureux carac-
terisé, dont je m'acquittai avec
beaucoup de succès : Comme je
sentois alors ce que je joüois, je
l'exprimois de maniere à satisfaire
nos auditeurs. J'eus le bonheur
d'être applaudi par tous les Seigneurs, & de devenir l'idole d'une
bonne partie des Dames, dont les
maris étoient assez bons pour nous
attirer chez eux. Le noviciat que
j'avois fait chez Raoudhah, m'a-
voit donné de l'expérience, je
n'étois plus si sot que quand j'entrai à son service, & profitant
de mes talens, & de la foiblesse
des belles personnes qui me voulurent du bien, je puis dire qu'il
y a peu d'hommes de mon âge qui
ait eu autant de bonnes fortunes,
& qui se soit moins piqué de fidelité que moi, puisque depuis
plus de dix ans que j'exerce cette
profession dans différentes Troupes, il y a peu de semaines que je
n'aye changé de maîtresse.

Voilà, belles Perises, le récit sincere de mes avantures, tel que vous l'avez exigé de moi ; sans cela vous devez croire que je ne vous aurois pas parlé aussi naturellement que je l'ai fait ; mais si vous êtes curieuses d'entendre des histoires qui tiennent encore plus du merveilleux, celui qui dans la piéce que nous avons représenté faisoit le rôle de mon esclave, & qui par un comique des plus naïf & des plus gracieux a merité avec justice vos applaudissemens, vous en fera volontiers le récit ; quelqu'incroyables qu'elles paroissent, il assure, sur la foi de son pere, qu'il n'y a pas un mot d'imaginé, & que le tout est conforme à la plus exacte verité. Vos avantures nous ont fait plaisir, dit alors Gehernaz, par leur singularité, & par la maniere avec laquelle vous les avez raconté, & nous écouterons très-favora-

blement

blement celles de votre Camarade. Le jeune homme ayant
regardé ces paroles comme un
ordre de la Perife., commença en
ces termes.

HISTOIRE

*D'Abderaïm , racontée par
Mouïad.*

JE fuis fils d'un homme qui
avoit fervi dans les Troupes du
Sultan de Candahar avec affez de
diftinction : il s'appelloit Abderaïm, & il racontoit des chofes fi
fingulieres qui lui étoient arrivées,
que la plûpart de ceux qui l'écou-
toient, n'y ajoutant aucune foi, lui
avoient donné le furnom de Kedhab (*a*). Comme j'étois prefque
toujours préfent à ces récits, voici

_____

(*a*) C'eft-à-dire le Menteur.

ce que je lui ai oüi-dire entr'autres
de l'évenement qui avoit donné
lieu à ma naiſſance.

Dans la priſe d'une Ville de
Perſe par les Troupes du Sultan
de Candahar, on abandonna tout
au pillage : on peut juger des
excès de cruauté qui s'y commi-
rent : comme les Generaux de
notre Armée étoient irrités de la
défenſe obſtinée de cette Ville,
on en paſſa preſque tous les habitans au fil de l'épée ; il n'y eut que
les femmes & les filles à qui il fut
défendu de faire aucune violence.
On les reſerva pour les faire eſclaves ; & afin que le Soldat eût
part à ce butin , on en fit une
eſpece de loterie , dont on diſtri-
bua les billets dans chaque compagnie; les numeros de ces billets
qui ne montoient qu'à quatre
mille , répondoient à quatre mille
ſacs , dans chacun deſquels on en-
ferma une femme ou une fille qui

devoit appartenir au Soldat à qui
écheoiroit le numero du sac. Mon
pere fut assez heureux pour avoir
un billet ; il alla prendre son sac,
le chargea sur ses épaules , & suivant la défense qui étoit faite de
ne l'ouvrir qu'à une lieuë de la
Ville, il en sortit avec trois de
ses camarades qui avoient eu le
même bonheur que lui, & se rendit en leur compagnie jusqu'au
lieu marqué pour l'ouverture du
sac.

LXVII. SOIRE'E.

Histoire de la Sultane Goul-Saba.

L'Heure de se retirer étant
arrivée, & les Sultanes ayant
fait reconduire les Danseuses &
les Acteurs dans un appartement,
séparé de celui des Princes , avec
ordre de leur laisser croire qu'ils

P ij

étoient dans le Palais des Peris ;
Goul - Saba fut fur le point de dé-
ranger leurs projets, par la paſſion
violente qu'elle avoit conçûe pour
Maſſoud , & qui n'avoit fait
qu'augmenter par le récit de ſes
avantures. Elle ne vit pas plutôt
les Princes & Princeſſes ſortir du
Salon, que ne pouvant diſſimuler
plus long-tems ſes ſentimens : Le
tems approche, dit-elle aux Sultanes, qu'Oguz nous a permis de
diſpoſer de nos perſonnes, & je
vous déclare que je veux uſer de
mes droits & du pouvoir qu'il
nous a donné ; j'aime Maſſoud,
je ne m'en défends pas ; je vous
avouerai même, que je n'ai point
voulu travailler à combattre tout
l'amour que je reſſens pour lui.
O ciel ! reprit Gehernaz avec
précipitation , penſez-vous bien,
Sultane, à la honte que doit vous
procurer une pareille alliance ?
Quoi, des bras du Monarque de

Guzarate notre Souverain Seigneur & notre Epoux, vous pourriez vous réſoudre à paſſer dans
ceux du fils d'un vil Chaudronnier,
que ſa condition préſente met
encore au-deſſous de ſa naiſſance,
& qui par le récit d'une vie remplie de déſordre & de libertinage,
auroit dû vous dégoûter de ſa
perſonne? Ah ! Goul-Saba, rentrez
en vous-même, ne vous deshono-
rez pas par une union auſſi diſpro-
portionnée ; juſtifiez au contraire,
par une conduite ſage & modérée,
le choix qu'Oguz avoit fait de
vous , & la préférence dont il
vous a honoré depuis plus de
quinze ans. Nos cœurs peuvent,
il eſt vrai, ſe laiſſer ſurprendre au
premier abord ; mais la raiſon
venant à notre ſecours, il eſt beau
de s'oppoſer à cette ſurpriſe des
ſens , & de ſortir victorieuſe d'un
combat, dont le vaincu doit être
couvert de honte. Ces remontran-
P iij

ces font inutiles, repliqua vivement Goul-Saba; je fens bien qu'elles ont quelque lueur de bon fens,
mais je ne me paye pas de ces
chimeres ; il vous eft bien aifé de
parler comme vous faites, les autres Sultanes & vous ; vous avez
eu toute la jeuneffe du Sultan ; il
vous aimoit, vous l'adoriez, &
vous avez joui avec lui pendant
plus de vingt ans de la vie la plus
délicieufe; mais moi je n'ai trouvé dans ce Monarque, qu'une
vieilleffe anticipée & languiffan-
te; & puifqu'il n'eft plus, je vous
avouerai que je n'ai jamais eu
pour lui que de l'indifférence, &
même de l'averfion. Oh ciel !
s'écria Gehernaz, & que figni-
fioient donc toutes ces démonftra-
tions de tendreffe, ces inquiétudes, ces agitations, & même
ces larmes que vous verfâtes en
abondance, au moment que l'Ange de la mort avoit déja tiré fon

fabre, pour trancher le fil des jours d'Oguz ? Pures grimaces, reprit Goul-Saba, je jouois parfaitement la Comédie, voilà tout le myftere; & fi dans ces derniers momens, vous m'avez vû très-affligée, mes pleurs marquoient la crainte où j'étois, que vous ne vous vengeafliez fur mon fils & fur ma perfonne, de ces bontés fatiguantes, que le Sultan avoit eu pour moi à votre préjudice; le peu de commerce que nous avions eu enfemble, ne m'avoit pas permis de vous bien connoître, je ne vous avois pas affez étudiées; depuis la mort de ce bon Prince, toutes mes apprehenfions ont ceffé; la douceur de votre conduite me raffure, & la bonté de vos cœurs me furprend; je vous loue infiniment d'en agir ainfi; je voudrois même pouvoir vous imiter; mais la différence de l'âge me fait penfer autrement.

P iiij

Ma jeuneſſe & la deſtinée m'entraînent ; & la liberté pleine & entiere que je vais goûter avec mon cher Maſſoud , me donne par avance des idées de plaiſir , qui raviſſent tous mes ſens.

Quoique cette déclaration ſi préciſe de Goul-Saba ſe fût faite dans le particulier , elle s'étoit paſſée en préſence des Sultanes , de Bathal digne fils d'une mere ſi ſenſée , & de Cothrob ; ce dernier n'avoit pas cru devoir rien ajoûter aux ſages remontrances de Gehernaz ; il s'étoit contenté de dire à Goul-Saba, qu'avant que le terme preſcrit par Oguz fût arrivé , elle feroit peut-être de ſolides refléxions ſur l'engagement qu'elle vouloit prendre ; que cependant juſqu'à ce jour elle étoit priée de ne point découvrir ſa qualité à Maſſoud ; elle le promit , & ayant enſuite paſſé pour quelques momens dans ſon appar-

tement , Bathal la fuivit, & ne
fut pas plutôt entré, que fe jettant
à fon col : Belle Sultane, lui dit-
il , la fermeté que vous venez de
faire paroître dans votre réfolution , me fait d'autant plus de
plaifir , qu'elle m'autorife dans la
paffion que j'ai conçûe pour Ildiz,
(*a*) la plus jeune de ces danfeufes,
& je vous crois trop raifonnable
(fi vous époufez Maffoud) pour
me refufer cette charmante perfonne pour ma femme.

Goul-Saba fut très-étonnée de
la propofition que lui fit fon fils
en ce moment. Y penfez - vous
bien, Bathal, lui dit-elle ? Ildiz
feroit votre femme ! Et pourquoi
non , reprit-il ? Maffoud qui eft
de la même condition , fera bien
votre mari. Ce n'eft pas de même,
ajoûta-t'elle ; je n'époufe Maffoud
que pour mettre ma confcience

(*a*) Etoile,

en repos ; mais vous , vous n'a-
vez pas besoin d'épouser Ildiz ,
pour jouir avec elle de tous les
plaisirs que vous vous promettez ;
cette petite fille qui sera trop ho-
norée que vous daigniez jetter un
regard favorable sur elle , n'est
propre que pour être une Princesse de théâtre , & non pas pour
épouser un Prince , qui suivant le
testament d'Oguz , qui paroîtra
dans quelques jours , va peut-être
devenir Sultan de Guzarate , ou
doit s'attendre du moins à avoir
une part très-considérable dans
ses Etats.

Voulez-vous , belle Sultane ,
que je vous parle à cœur ouvert ,
reprit Bathal ? Toutes ces grandeurs m'embarrassent , leur poids
m'effraye ; je me sens peu propre
à tout cela , je me suis toujours
ennuyé dans le Sérail , & je vous
avouerai même que je n'ai jamais
eu pour Oguz cette tendresse que

je remarque que la Princesse Acsou témoigne à la Sultane Gehernaz sa mere, & que je ressens pour vous. Je n'ai point été sensible à sa perte, & je l'ai regardée au contraire, comme la fin de notre esclavage ; car enfin , belle Goul-Saba , je ne puis plus vous cacher mon inclination ; le goût que j'ai pour la musique , & la passion violente que je ressens pour Ildiz, m'ont fait prendre la résolution d'embrasser une profession aussi amusante que la sienne ; permettez donc de grace , que je suive cette adorable danseuse , puisqu'elle seule peut faire tout le bonheur de ma vie.

Goul-Saba fut si émûe & si surprise du discours de son fils, qu'elle en resta toute interdite pendant quelques momens ; ensuite reprenant la parole : oh nature , nature ! s'écria-t'elle , que tu es forte ! & que je conçois aisément combien il eſt difficile de te vaincre ! Et bien Bathal, pour juſtifier nos ſentimens, apprenez votre naiſſance & la mienne.

Il n'eſt plus tems, continua la Sultane, de vous cacher des miſteres que je n'ai pas cru juſqu'à préſent devoir vous confier ; je ne ſuis ni Circaſſienne, ni Princeſſe, comme j'ai voulu le faire croire à Oguz : Le Marchand Juif qui me vendit à lui, m'avoit achetée à l'âge de ſept ans, de ma mere qui étoit une danſeuſe de la troupe d'Agra, (a) & qui auroit été bien embarraſſée de déclarer quel étoit mon pere ; ce fut elle qui étant interrogée ſur la naiſſance d'un de ſes enfans, par une femme de ſa troupe, fut

(a) *Agra*, Ville Capitale du Royaume d'Agra, ſituée ſur la Riviere de Geminy ; elle étoit il n'y a pas long-tems, Capitale de tout l'Empire du Mogol.
Geog. de Noblot, Tome 5. fol. 162.

l'Auteur de cette réponse, que
l'on a depuis donnée à bien d'autres; qu'il lui seroit aussi difficile
de dire à qui cet enfant apparte-
noit, que de décider après s'être
assise sur un fagot d'épines, laquelle de ces épines l'auroit pi-
quée. Comme cette femme étoit
dans l'habitude de disposer ainsi
de ceux à qui elle donnoit le
jour, le Juif m'ayant trouvée à
son gré, elle me remit entre ses
mains moyennant trente pieces
d'or; & il fut d'autant plus content de son acquisition, qu'il
trouva dans ma personne toutes
les dispositions qu'il pouvoit souhaiter dans une esclave, sur laquelle il comptoit un jour faire
un gros profit; aussi n'oublia-t'il
rien pour mon éducation; &
comme il fut informé que le Sultan de Guzarate faisoit chercher
les plus belles filles de l'Orient,
pour en faire présent aux Princes

ſes fils, il crut que je pouvois aſpirer à cet honneur.

Il n'avoit pas paſſé à Cambaye
de troupes de danſeuſes, qu'il ne
m'eût fait donner quelques leçons
de danſe ou de chant, par les plus
habiles dans cette profeſſion; &
lorſqu'Oguz fit ſçavoir ſes intentions aux marchands d'eſclaves,
j'avois alors un maître deMuſique
dont j'étois d'autant plus conten-
te, qu'il avoit trouvé le chemin
de mon cœur; nous avions chez
le Juif une vieille & ſévere Gouvernante, qui ne nous quittoit
pas un ſeul moment; ſa préſence
nous gênoit extrêmement; Cafour (c'étoit le nom du Muſicien)
lui ayant préſenté de la conſerve
de roſe ſoporative, comme elle
étoit très-friande, elle n'en eut
pas plutôt mangé, que cette con-
fiture faiſant l'opération à laquelle
nous nous attendions, elle tomba
dans un profond aſſoupiſſement

qui dura plus d'une heure ; c'étoit
à peu près le tems que nous don-
nions à notre leçon ; vous pouvez
juger , mon fils , que nos deux
cœurs étant d'accord, nous n'em-
ployâmes pas des momens si dé-
sirés à chanter ; nous sçûmes
mieux profiter du sommeil de la
vieille ; & suivant le calcul que
j'en ai fait , vous devez votre
naiſſance à cette leçon de Musique.

Quand nous nous apperçûmes
que la vieille alloit se réveiller ,
nous nous remîmes à chanter ;
& cette femme ne s'étant pas apperçûe de notre bonne intelligen-
ce , nous nous proposions de recommencer souvent la même
opération , lorsque le Juif m'annonça qu'il falloit passer en revûe
devant le Sultan : Je fus frappée
comme d'un coup de foudre à
cette nouvelle ; cependant n'osant
résister à ses volontés , il fallut le

suivre au Sérail. Je fus malheureusement du nombre des douze esclaves que ce Monarque choisit ; & si je ressentis une extrême joie de ce qu'aucun des Princes n'avoit daigné m'honorer de ses regards ; elle ne fut pas de longue durée, en voyant que ce Monarque nous acheta toutes , & que dès le même jour il me fit entendre par son Visir, qu'il me destinoit à l'honneur de sa couche : J'étois dans un désespoir affreux, & je fus vingt fois prête à faire connoître au Sultan mon inclination pour Cafour ; mais craignant sa fureur & les mauvais traitemens du Juif, s'il me renvoyoit chez lui , je lui déclarai que je ne consentirois jamais à ses volontés , qu'en qualité de son épouse ; je croyois que ce seroit un obstacle invincible à son amour , il leva ces difficultés sur le champ ; l'Iman appréhendant toute

toute ſa colere s'il ne décidoit
pas en ſa faveur, trahit ſa religion
en déclarant que malgré les quatre Sultanes qu'il avoit épouſées,
je pouvois encore être ſa femme
légitime, & il nous maria ſur le
champ ; jugez, mon fils, de l'embarras où je me trouvai dans la
ſituation, où la derniere leçon de
Caſour m'avoit miſe, je n'eus
plus recours qu'à l'artifice pour
paroître à ſes yeux toute autre
que je n'étois ; pendant plus de
huit jours j'irritai ſes deſirs par
une réſiſtance qu'il attribua à une
extrême pudeur, & à une ſageſſe
peu commune ; & enfin je jouai
ſi bien mon rôle, que le Sultan
en fut la duppe ; qu'il ſe crut le
plus heureux de tous les hommes,
& qu'accouchant de vous, au
bout de neuf mois, juſte à compter du jour de l'aſſoupiſſement de
la vieille Gouvernante, ce bon
Monarque ſe crut votre pere avec

toute la bonne foi imaginable ,
& vous prodigua jufqu'à fa mort
les careffes les plus tendres ; il
n'eft donc pas étonnant , mon
cher Bathal , que moi devant le
jour à une Danfeufe, telle qu'étoit
ma mere , & vous à un Muficien
de l'efpece de Cafour , nous
ayions tous deux des inclinations
fi conformes à notre naiffance ,
c'eft-à-dire , que j'aime Maffoud,
& que vous adoriez Ildiz ; ainfi ,
quoique vous renonciez à votre
fortune , je ne puis abfolument
défapprouver votre paffion , &
je vous promets de l'autorifer en
tout ce qui dépendra de moi.

Si Bathal fut étonné en apprenant qu'il n'étoit pas fils d'Oguz ,
ce Monarque , qui du Coridor
qui regnoit le long des appartemens des Sultanes , avoit écouté
toute la converfation de Goul-Saba , fut fi furpris de ce qu'il venoit d'entendre , qu'il en penfa

mourir de douleur & de rage ; heureusement que Cothrob qui prévoyoit cette découverte, étoit à côté du Sultan ; il le tira du Coridor , & l'emmenant dans sa chambre , il lui laissa exhaler tout son ressentiment : Quoi ! s'écrioit Oguz , il est possible que j'aye été à ce point la duppe de cette indigne créature ? Non , la chose ne me paroîtroit pas possible si je ne l'avois entendue de mes propres oreilles. Ah ! perfide Goul-Saba , continua-t'il , vous ne porterez pas loin une telle insulte , & je sçaurai venger mon honneur outragé , d'une maniere si terrible , que vous servirez d'exemple à la posterité. Seigneur , reprit alors Cothrob , le Prophete ne veut pas que vous punissiez de mort la Sultane ; après tout , elle n'est pas si coupable : étoit-il dans son pouvoir d'éviter ce qui s'est passé ? Elle ignoroit l'honneur au-

Q ij

quel elle étoit destinée, & ayant
eu la foiblesse de succomber aux
poursuites de Cafour, pouvoit-
elle cacher l'accident qui lui étoit
arrivé avec plus d'adresse ? Elle
étoit donc dans la nécessité abso-
lue de vous tromper, & cela
vous fait voir, Seigneur, que le
bonheur des hommes n'est que
dans l'opinion : vous avez été
heureux pendant près de quinze
ans avec Goul-Saba, parce que
vous croyiez l'être ; vos inquiétudes vous ont fait soupçonner ensuite, que ses caresses n'étoient
pas sinceres, vous avez souhaité
en être éclairci ; le Prophete a
exaucé vos vœux, plutôt pour la
justification des autres Sultanes,
& pour vous faire voir la bonté
de leur cœur, que pour votre
propre satisfaction ; car il auroit
peut-être mieux valu pour vous,
que vous fussiez toujours resté
dans l'ignorance ; mais puisque

c'eſt une affaire faite, il faut prendre votre parti comme vous l'a-
viez ci-devant projetté , & regarder la conduite de cette lâche
Sultane avec tout le mépris dont
elle eſt digne. Vous avez raiſon,
mon cher ami , dit le Sultan ;
mais comme il ſe fait tard , &
que j'ai beſoin de repos , je vais
tâcher de me remettre entierement l'eſprit que j'ai encore
échauffé de la converſation que
je viens d'entendre ; car quoique
la conduite que Goul-Saba a tenue
depuis que je ſuis renfermé dans
cet appartement , & ſon indifférence pour ma mort ayent dû me
préparer à tout évenement , je ne
pouvois du moins m'attendre à
ce que je viens de découvrir au
ſujet de la naiſſance de Bathal ;
cependant, en ſuivant vos ſages
conſeils , & mes premieres réſo-
lutions , je ſens que je reprendrai
bientôt tout l'uſage de ma raiſon,

& je me regarde même dès-à-
present comme un homme abso-
lument desinteressé dans cette
avanture.

L'Iman ayant laissé le Monarque de Guzarate dans ces bons
sentimens, il y passa la nuit avec
beaucoup de tranquillité ; & les
Sultanes s'étant le lendemain rendues dans le Sallon, elles n'eurent pas plutôt fait connoître à
Mouïad qu'elles attendoient la
suite des avantures d'Abderaïm,
qu'il les continua dans ces termes.

LXVIII. SOIRE'E.

Suite de l'Histoire d'Abderaïm ;
racontée par Mouïad.

J'EN étois resté, ce me semble, au moment que mon
pere & ses Camarades étoient ar-

rivés à une lieue de la Ville que
l'on venoit de mettre au pillage.
Là , à l'entrée d'un petit bois ,
les trois Soldats plus preſſés qu'-
Abderaïm , dénouerent leurs
ſacs : chacun d'eux y trouva une
jeune fille d'une rare beauté. Abderaïm qui comptoit avoir le même ſort , délia auſſi le ſien ; mais
il ne l'eut pas plutôt ouvert, que
les autres penſerent étouffer à
force de rire , à la vûe d'une vieille qui paroiſſoit âgée de plus de
cent ans , & qui avoit plus l'air
d'un Demon que d'une femme.
Jamais ſurpriſe ne fut égale à celle
de mon pere , il penſa expirer de
rage ; & les railleries ſanglantes
de ſes Camarades qui le quitte-
rent , pour ne pas troubler , lui
diſoient-ils , un ſi joli tête à tête,
lui inſpirerent une telle fureur ,
que mettant le ſabre à la main, il
alloit couper la vieille en mille
morceaux , lorſque rentrant tout

d'un coup en lui-même, il remit
son sabre dans le fourreau ; ce
n'est pas ta faute, lui dit-il, si je
n'ai pas eu un meilleurlot, je te
le pardonne : excuse mon premier mouvement, & jouis de la
liberté que je te rends ; je ne suis
pas né pour être heureux. Tu l'es
plus que tu ne le crois, Abderaïm, lui dit la vieille, & pour
t'en convaincre, donne-moi la
main, je vais te faire ressentir les
effets de mon pouvoir.

Mon pere tendit la main à la
vieille, & cette femme n'eut pas
plutôt frappé la terre avec son
pied, qu'elle s'ouvrit, & qu'après
l'avoir entrainé avec une extrême
rapidité, ils se trouverent l'un &
l'autre dans un Palais superbe,
dont les appartemens étoient
d'une magnificence surprenante,
qui avoit des jardins à perte de
vûe, & au lieu d'une vieille, il
apperçut une femme parfaitement
belle,

belle, & d'un air très-majestueux.
Tu es surpris de ce que tu vois,
lui dit-elle, tu cesseras de l'être
en apprenant que je suis la fameuse
Mergian-Banou (a) si vantée dans
tous vos Romans pour être de
cette belle espece de Génies qui
ne s'attachent qu'à faire du bien
aux hommes. Comme j'avois mis
sous ma protection trois belles
personnes qui demeuroient dans
la Ville que vous venez de sacca-
ger, & que je voulois les préser-
ver de l'insolence du Soldat, je
me suis transportée dans leur
maison, je les ai secourues à propos, & voulant me réjouir, je
me suis laissée arrêter, & enfer-

_____

(a) *Mergian-Banou*, est le nom d'une Fée
ou Enchanteresse, de laquelle il est souvent fait
mention dans les Romans Orientaux ; elle étoit
de la race des Peris, c'est à-dire, des Geants
ou Demons de la belle espece. C'est du nom de
cette Fée, que nos anciens Romans ont formé
celui de *Morgante la deconnüe.*
Biblioth. Orient. folio 578.

Tome III.   **R**

mer dans un fac, fous la figure
d'une vieille, pour voir fi celui à
qui je tomberois en partage feroit
doué de quelqu'humanité : tu as
été affez heureux pour avoir les
fentimens d'un honnête homme :
je veux t'en récompenfer ; mais
il faut d'abord te faire voir toutes
les beautés de ce Palais, qui a
autrefois appartenu à Rocaïl ben
Adam. (*a*) Ce grand homme qui
poffedoit les fciences les plus relevées, étoit doué d'un efprit fi
vif & fi pénétrant, qu'il paroiffoit
plutôt tenir de l'Ange que de
l'homme.

Surkhrage qui étoit alors un
puiffant Génie, commandoit en
ce tems là abfolument dans

_____

[*a*] *Rocaïl-ben Adam*, c'eft-à-dire, *Rocaïl*
fils d'*Adam* : voilà un fils de notre premier père
que l'Ecriture Sainte ne reconnoît pas : felon la
tradition fabuleufe des Orientaux, il étoit le
frere puîné de *Seth*, & poffedoit les fciences les
plus cachées. Voyez toute fon hiftoire *dans la*
Biblioth. Orient. fol. 716.

toute l'étendue du Mont Caf,
(a) qui entoure toute la terre, connoissant le mérite de Rocaïl ben
Adam, il l'envoya prier de venir
l'aider à gouverner ses Etats,
ayant besoin d'un aussi habile
homme que lui, pour tenir en
bride ses sujets. Cet illustre Philosophe défera aux prieres de
Surkhrage, le vint trouver, vé-
cut avec lui pendant plusieurs
siécles ; & connoissant ensuite
ou par des revelations divines,

(a) *Caf*, Montagne que les Mahometans
ignorans dans la Géographie, croyent entourer tout le Globe de la Terre & de l'Eau, &
borner de tous côtés son Hemisphere ; ainsi
pour comprendre toute l'étendue de la Terre
& de l'Eau, ils disent depuis Caf jusqu'à Caf,
c'est-à-dire, d'une de ses extrémités à l'autre ;
mais depuis que les Arabes ont étudié la Géographie, ils ont reconnu que cette Montagne
fabuleuse n'étoit autre que le Mont Caucase, ou
Imaus à l'Orient, & le Mont Atlas à l'Occi-
dent, lesquels à cause de leur étendue & de
leur hauteur, ont donné lieu à ces fables.
Biblioth. Orient. fol. 230.

R ij

ou par les principes des scien-
ces secretes qu'il possedoit, que
le tems de sa mort approchoit,
il témoigna à Surkhrage, que
sur le point de passer dans l'autre vie, il vouloit lui laisser quelque monument extraordinaire,
dont la memoire se conservât,
& qui pût le faire vivre dans la
posterité : en effet, il fit bâtir ce
Palais d'une structure si superbe,
qu'il n'y a rien dans tout l'univers qui en approche, & il le
construisit avec tant d'artifice,
que l'on y voit un grand nombre de statues de differens mé-
taux, faites par art Talismani-
que, lesquels par des ressorts
secrets operent ce que tout homme vivant pourroit faire pour le
service d'autrui. Vous le con-
noîtrez, dit la Fée, à leurs yeux
seuls qui sont fixes, & sans aucun mouvement.

Rocaïl ben Adam mourut enfuite, & Surkhrage en conçut une si violente douleur, qu'il résolut de quitter ses Etats ; il les remit à l'Assemblée generale des Peris, qui les confierent à mon pouvoir, & depuis plusieurs milliers d'années je les gouverne paisiblement en suivant exactement les conseils de ce grand homme que je garde dans mon cabinet, écrits en lettres d'or, comme un tréfor des plus précieux.

Alors Mergian - Banou ayant conduit mon pere dans un superbe salon, il fut surpris d'y trouver les trois belles personnes qu'il venoit de voir il y avoit quelques momens dans les facs de ses camarades, & d'apprendre qu'au moment qu'ils se disposoient à les traiter en esclaves, la Fée avoit substitué à leur place trois Guenons, qui s'élançant sur les arbres les plus pro-

chains, avoient laiffé ces Soldats
dans une fi grande furprife qu'ils
n'en étoient pas encore revenus.
Voilà, lui dit la Fée, la récompenfe du fervice que ces trois
belles filles m'ont rendu. Suivant
l'ufage de Férie, nous fommes
obligées un jour de la femaine
de prendre la figure de quelque
animal, & pendant ce tems feulement nous fommes fujettes à
toutes les infirmités humaines,
& même à la mort. J'étois il y a
environ trois mois transformée
en grenouille; un Païfan m'ayant
trouvée fur le bord de la riviere,
où les flots très-agités m'avoient
pouffée, alloit me tuer, lorfque
ces trois fœurs touchées de com-
paffion, le prierent de ne me faire aucun mal : pour obtenir cette grace, il exigea qu'elles lui
donnaffent chacune un baifer,
& une piece d'argent ; quelque
répugnance qu'elles euffent à fe

laisser approcher par ce rustaut, elles n'hesiterent pas à lui accorder ce qu'il leur demandoit pour me sauver la vie ; & m'ayant tirée de ses mains, elles me rejetterent dans l'eau. Depuis ce tems, je les ai comblées de biens, & je prétends leur former à chacune un établissement, qui pourroit faire envie aux plus belles personnes de l'Orient.

LXIX. SOIRE'E.

Suite de l'Histoire d'Abderaïm, racontée par Mouïad.

MOn pere après avoir été conduit ensuite par Mergian Banou par tout le Palais, dont il eut lieu d'admirer les raretés, revint dans le salon. On y servit un repas d'une délicatesse achevée, & ce furent ces

R iiij

Statues animées qui firent tout
le service avec un si grand ordre, que les Domestiques les
plus exacts n'auroient pû mieux
s'en acquitter ; il y passa la nuit
dans un appartement délicieux,
& le lendemain la Fée l'étant
venu trouver : Abderaïm, lui
dit-elle, pour te récompenser
de la maniere dont tu en as usé
hier avec moi, je vais te faire
un don, mais tu n'en jouiras que
pendant une année, à commencer de ce jour ; c'est de pouvoir
prendre, quand il te plaira, la
figure des trois premiers animaux que tu rencontreras en
sortant de ce Palais, & sous la
forme desquels, ainsi que des-
sous la tienne, tu seras invulnerable. Pendant tout ce tems, tu
ne manqueras de rien, & en prononçant seulement mon nom,
tu me trouveras toujours prête
à te rendre service dans ce qui

fera raifonnable. Il n'y a dans l'univers qu'une feule Dive, contre laquelle mon pouvoir foit inutile ; c'eft Scheïtan-Couli (*a*) ; cette Gine, qui ne s'attache qu'à faire du mal, ne fçaura pas plutôt que je te protege, qu'elle cherchera toutes les occafions de te nuire ; elle ne pourra rien fur toi pendant cette année , pourvû que tous les matins en t'éveillant tu prononces ces faintes paroles, qui écartent de nous les démons , & les font frémir jufqu'au fond des enfers , *en* (b) *la Illallave Mouhemed-Ul reſſoul oullah.*

Il me refte à préfent à te demander , fi tu n'as rien reſſenti pour quelqu'une de ces trois belles filles que tu as vûes hier

---

(*a*) Efclave du Diable.

(*b*) Il n'y a qu'un feul Dieu , & Mahomet fon Prophete.

dans ce Palais; mon pere se trouva fort embarrassé à cette question; cependant la Fée lui ayant témoigné qu'elle souhaitoit qu'il lui parlât franchement: Puissante Mergian - Banou , lui dit-il, on ne dispose pas de son cœur comme l'on veut ; ces charmantes personnes sont parfaites dans leur espece ; mais puisque vous m'ordonnez de vous expliquer naturellement mes sentimens , je vous avouerai qu'elles n'ont fait aucune impression sur moi. J'en suis fâchée, reprit la Fée ; si tu avois fait choix d'une d'elles, tu en aurois été plus heureux & plus tranquille ; mais je ne prétends point te gêner; choisis en quel endroit du monde tu souhaites que je te transporte. Illustre Mergian-Banou , repliqua mon pere, puisqu'avec votre protection, & les dons que vous m'a-

vez fait, il n'eſt preſque point
de fortune à laquelle je ne puiſſe
aſpirer, obligez-moi de me faire
conduire dans les Etats du Sultan de Carizme; (*a*) j'entends,
dit alors la Fée, tu as oui-dire que la Princeſſe Zarat-Alriadh (*b*) ſa fille, eſt un miracle de
beauté; eh bien, je vais t'y conduire, mais prends bien garde
aux trois premiers animaux que
tu rencontreras, & profite pendant l'année que tu as devant
toi, des dons que je t'ai fait &
de ma protection; paſſé ce tems,

(*a*) Quoiqu'il ſoit parlé dans les Contes
Arabes & Perſans du Royaume de Carizme,
je ne le trouve dans aucun Geographe, ni ſur
aucune Carte : voici ſeulement ce que *Noblot
Tome* 5. *fol.* 15. dit en parlant de l'Uſbec. *Les
Tartares de ce pays ſont beaucoup plus civiliſés
que les autres ; ils ont divers Princes, dont les
Terres ſont ſeparées, mais qui dépendent preſque tous des Sultans de Bochara, de Balch, &
de Carechme, Princes du pays.*

(*b*) *Zarat-Alriadh*, ſignifie fleur des Jardins.

n'espere de moi aucun secours, tel est l'arrêt des destinées. Alors la Fée embrassant mon pere, elle traversa la terre avec une extrême vîtesse, en sortit avec lui dans un bois qui étoit environ à trois lieues de la Ville de Carizme, & disparut aussi-tôt.

L'endroit par où la terre s'étoit entr'ouverte, étoit justement sous le repaire d'un Lion terrible ; effrayé par le bruit qui se fit en ce moment au-dessous de lui, il se mit en fuite. Bon, s'écria mon pere, je prendrai donc cette forme quand je le voudrai. Alors sortant du bois, & continuant son chemin vers la Ville de Carizme, il apperçut un gros rat au bord de son trou, & quelques momens après, une petite mouche dorée vint se placer sur sa main ; voici sans doute, dit-il, les deux autres animaux

dont m'a parlé Mergian-Banou ;
alors pour en faire l'épreuve,
s'étant fucceſſivement transfor-
mé en Lion, en Rat & en Mouche ; il reprit enfuite ſa veritable
figure, ſous laquelle il s'avança
vers la Ville de Carizme. Il fut
furpris de la voir bloquée de
toutes parts par une armée de
quarante mille hommes, com-
mandée par le Sultan des Tartares Nóguaïs, & s'étant informé de quelques ſoldats, du ſujet
de diviſion qui regnoit entre
ces deux Monarques, il apprit
qu'Hebat-Alladh (*a*) Sultan de
Carizme, avoit refuſé ſa fille à
celui des Tartares, parce qu'outre le furnom de Nemer (*b*) que
la ferocité de ce Prince lui avoit
fait donner par ſes propres ſujets, il avoit près de ſoixante &
quinze ans, & étoit par-deſſus

_____

(*a*) Don de Dieu.
(*b*) *Tigre.*

cela si difforme, qu'on ne pouvoit le regarder sans frémir. On
y ajouta que Nemer, outré de
ce refus, en étoit entré dans une
si violente colere, qu'il avoit
juré de détruire ce Royaume,
d'en emmener esclaves tous les
sujets de l'un & de l'autre sexe,
& de couper lui-même la tête
au Sultan de Carizme & à la
Princesse.

Abderaïm informé de l'injustice du procedé du Tartare,
& touché des malheurs de Zarat-Alriadh, de la beauté de laquelle on lui avoit fait un détail
très-avantageux, résolut de la
secourir dans un aussi pressant
besoin; mais auparavant, il vou-
lut juger par lui-même du mérite de cette Princesse. Pour cet
effet il prit la figure d'une Mouche; & passant sans difficulté
pardessus le camp des ennemis, il alla droit au Palais du

Sultan, dans l'interieur duquel
s'étant introduit, il parvint jufqu'à la chambre dans laquelle re-
pofoit Zarat-Alriadh.

Jamais, à ce que j'ai oui-dire
à mon pere, il n'avoit rien vû
de fi beau ; la nature s'étoit épui-
fée, en formant une Princeffe
auffi parfaite ; il étoit encore
très - matin ; il eut le loifir d'admirer à fon aife les graces dont
la Princeffe étoit pourvûe ; &
comme tout dans le Palais étoit
dans un plein repos, Abderaïm
crut ne rien hazarder à reprendre fa figure ordinaire ; il demanda feulement à Mergian-
Banou d'être vêtu d'une maniere
convenable ; & fe trouvant dans
le moment couvert d'habillemens magnifiques, il mit un ge-
nouil en terre à côté de la Princeffe ; & lui ayant pris la main
qu'elle avoit hors du lit, il la
baifa avec des tranfports fi ex-

traordinaires qu'elle fe reveilla.
On peut juger de la frayeur de
Zarat-Alriadh, de fe voir, pour
ainfi dire, entre les bras d'un
homme, & d'un homme qui luï
étoit abfolument inconnu; mon
pere vouloit lui expliquer le fujet de fa vifite, mais elle fit de
fi grands cris, que fes Femmes
& fes Eunuques étant accourus
à fon fecours, il jugea à propos
de fe remettre promptement fous
la figure d'une Mouche, & fe pla-
ça fur le chevet du lit de cette
Princeffe.

LXX. SOIRE'E.

Suite de l'Hiftoire d'Abderaïm, racontée par Mouïad.

Zarat-Alriadh eut beau affurer qu'elle avoit vû un
homme dans fa chambre, on
n'en

n'en crut rien ; l'on regarda ſes diſcours comme l'effet d'un rêve ; & le Sultan ſon pere étant venu la voir , lui fit entendre qu'il n'y avoit pas de prudence à aſſurer poſitivement des choſes moralement auſſi impoſſibles , & que ſi elle continuoit de parler ſur ce ton, on la regarderoit comme une perſonne dont l'eſprit ſeroit dérangé.

La Princeſſe qui étoit bien ſûre de ce qu'elle avoit vû , étoit au déſeſpoir de ce que l'on n'ajoutoit aucune foi à ſes diſcours ; elle ne ſçavoit que penſer d'un évenement auſſi ſingulier , fut toute la matinée dans une extrême agitation ; & s'étant enſuite de dépit , renfermée ſeule dans ſon cabinet, elle ſe mit à pleurer : Que je ſuis malheureuſe ! s'écria-t'elle , je n'ai pas aſſez de chagrin de l'état déplorable où nous ſommes réduits , il faut encore que l'on me traite de visionnaire : Ah ! qui que tu sois, que j'ai vû ce matin, homme ou génie, je te pardonne la hardiesse que tu as prise d'entrer dans ma chambre, pourvû que dans le moment même, tu paroisse à mes yeux sous la même forme ; je te verrai sans frayeur, & je te jure sur la tête de mon pere, que je te garderai un secret inviolable, si tu veux l'exiger de moi.

Zarat-Alriadh n'eut pas plutôt prononcé ces dernieres paroles, qu'Abderaïm parut à ses yeux, tel qu'elle l'avoit vû le matin ; & s'appercevant qu'elle étoit très-émûe : Rassurez-vous, Madame, lui dit-il, je sçais trop le profond respect que je vous dois, pour jamais abuser de mon pouvoir ; instruit de la maniere indigne dont le Sultan Nemer en agit avec vous, je suis accouru à votre se-

cours ; je me flatte de pouvoir aifément détruire tous fes projets ;
mais belle Princesse, approuve-
rez-vous les miens ? Favorisé par
la plus puissante des Perizes, appellée Mergian-Banou, j'ai osé
porter mes vœux jusqu'à la Princesse de Carizme ; me fera-t'il
permis d'esperer quelques regards favorables de la plus belle
personne de l'Univers ?

La Princesse pendant ce difcours, avoit regardé Abderaïm
avec une extrême attention ; il
étoit beau, jeune, bien fait, il
lui paroissoit doué d'un pouvoir
extraordinaire ; en faisant compa-
raison entre lui & le vieux Sultan
des Tartares, dont on l'avoit affuré que la figure étoit affreufe ;
elle donna bientôt la préference
au premier, & prenant la parole
avec timidité : Qui que vous
foyez, lui dit-elle, j'approuve
tout ce que vous ferez pour nous

délivrer de l'oppreſſion de Nemer, & je vous en ai une extrême obligation; mais enfin, qu'exi-
gez-vous de moi pour un ſervice
auſſi eſſentiel ? La liberté, Madame, reprit Abderaïm, de vous
dire à tous momens que je vous
adore, & l'eſpérance de pouvoir
un jour toucher votre cœur. Seigneur, lui dit Zarat-Alriadh avec
beaucoup de pudeur, aimez, eſ-
perez, mais vous ne devez pas
ignorer que je dépends d'Hebat-
Alladh; obtenez-moi de lui, &
ſoyez ſûr que s'il m'ordonne de
recevoir vos vœux, vous ne me
verrez pas avoir la moindre répugnance pour cette union. Mon
pere s'étant en ce moment jetté
aux pieds de la Princeſſe, qu'il em-
braſſoit avec les marques de la reconnoiſſance la plus vive, alloit lui
témoigner combien il étoit ſenſi-
ble à ſes bontés, lorſqu'il entendit
du bruit dans la chambre prochai-

ne ; il jugea à propos de disparoî-
tre dans le moment , & à peine
étoit-il redevenu Mouche , que
le Sultan de Carizme s'étant fait
ouvrir la porte du cabinet , y entra , portant sur son visage les signes du plus violent chagrin. Ah!
ma fille , s'écria-t'il dès la porte ,
je viens d'apprendre que le Tartare a des intelligences dans Carizme , & je tremble encore d'effroi , en vous disant que l'on devoit la nuit prochaine nous livrer
vous & moi entre ses mains ; heureusement j'ai découvert l'entre-
prise , les traîtres viennent d'être
punis du dernier supplice ; j'ai fait
redoubler la garde par tout , & j'ai
confié celle des portes de la Ville
à des gens de la fidelité desquels
je suis sûr ; mais ce qui m'inquiéte
le plus , c'est que Nemer vient
de m'envoyer un défi ; il a un Elephant d'une si prodigieuse gros-
seur , que l'on n'en a jamais vû

de pareil pour la force & pour le
courage; il a fait un si grand ravage
dans le dernier combat, que perfonne de nous n'ignore combien
il eft à craindre : le Tartare me
fait propofer de le faire combattre
contre un homme , ou contre
quelqu'autre animal que ce puiffe
être , aux conditions, s'il eft vaincu , qu'il fe retirera dans fon pays
avec toutes fes Troupes ; mais
que fi fon Elephant eft vainqueur,
nous nous rendrons vous & moi à
fa merci. J'ai affemblé à ce fujet
mon Confeil, je n'y ai trouvé que
des vifages remplis d'effroi : j'ai
fait publier ce défi dans tout Carizme, aucun de nos Braves n'a
ofé fe préfenter, & Nemer me
fait entendre que fi je ne lui rends
réponfe avant la nuit, il donnera
demain un affaut general, & fera
tout paffer au fil de l'épée.

La Princeffe allarmée de cette
nouvelle, répandit d'abord beau-

coup de larmes ; mais enfuite fe
raffurant fur les promeffes d'Abderaïm : Seigneur, dit-elle à Hebat-Alladh, il faut efperer que le
Prophete nous regardera en pitié,
& pour implorer fon affiftance,
je vous confeillerois de faire redoubler les prieres dans toutes les
Mofquées, peut-être au moment
que nous nous y attendons le
moins, nous envoyera-t'il du fecours contre notre ennemi.

Le Sultan approuva fort le confeil de fa fille ; il ne fut pas plutôt
retiré pour donner fes ordres à ce
fujet, que mon pere parut devant
Zarat-Alriadh. J'ai entendu votre
converfation avec le Sultan, lui
dit-il, & je puis, belle Princeffe,
vous affurer fur la tête de notre
faint Prophete, que je ferai demain vainqueur de l'Elephant de
Nemer. Après en avoir conferé
avec Mergian-Banou, je cours
me préfenter à Hebat-Alladh, &
je vais lui demander votre main

pour le prix de cette victoire ;
puifque vous voulez bien me le
permettre. Je vous la donne d'a-
vance, lui répondit-elle ; mais
fongez, Seigneur, que je m'intereffe à vos jours, tâchez de
conferver une vie qui m'eft chere.

Abderaïm baifa mille fois la
main de Zarat-Alriadh, & après
avoir imploré le fecours de la Fée
fa protectrice, il alla fuivant fes
confeils, trouver le Sultan de
Carizme : Seigneur, lui dit-il,
inftruit de l'embarras où vous êtes,
je viens vous offrir mes fervices ;
je vous promets la mort de l'Elephant du Prince Tartare : je ferai
plus, comme je connois la perfidie de ce Sultan, & que je fçais
qu'il n'a point envie de vous tenir les paroles qu'il vous a fait
donner, en cas que l'on puiffe rem-
porter la victoire fur cet animal,
je veux mettre demain fa tête à
vos pieds, & faire paffer toutes

fes

ſes Troupes ſous le ſabre de vos
Soldats ; mais ſouffrez que je met-
te prix à cette victoire, & que la
main de la Princeſſe en ſoit la récompenſe : animé par cet eſpoir,
il n'eſt rien, Seigneur, que je ne
ſois en état d'éxécuter.

Brave Inconnu, reprit le Sultan, qui que vous puiſſiez être,
vous ne pouvez venir à bout d'u-
ne choſe auſſi difficile ſans un
pouvoir tout à fait ſurnaturel : ſi
vous me tenez parole, je vous jure
par ce qu'il y a de plus ſaint dans
notre Religion, de vous donner
la Princeſſe pour épouſe, ſi elle
veut y conſentir. Cela me ſuffit,
Seigneur, reprit Abderaïm. Faites ſçavoir au Sultan qu'il peut
envoyer demain ſon Elephant au
lieu qu'il vous marque pour le
combat, je lui oppoſerai un Lion
qui ne le craint point, & après
la victoire qu'il remportera ſur
ce monſtrueux animal, vous me

Tome III.   T.

verrez à la tête de vos Soldats fondre fur les perfides Tarta-res. Que leur nombre ne vous effraye pas, j'ai le fecret de ren-dre leurs arcs inutiles, & quand les fleches de vos Soldats les auront percés de toutes parts, nous en ferons un tel carnage, qu'à peine en échapera-t'il un feul pour en rapporter la nouvelle dans leur pays.

LXXI. SOIRE'E.

Suite de l'Hiftoire d'Abderaïm, racontée par Mouïad.

QUoique les promeffes d'Ab-deraïm paruffent peu vrai-femblables, cependant l'affuran-ce avec laquelle il les fit, remit le Sultan de Carizme dans fon affiette ordinaire; il envoya dire à Nemer, qu'il acceptoit fes con-

ditions, & qu'à la tête de dix
mille hommes, qui sortiroient le
lendemain de la Ville, il con-
duiroit un Lion sur l'esplanade
qui faisoit face à la principale porte, pour y combattre son Elephant. Si cette réponse étonna le
Sultan des Tartares, elle causa
une grande joie dans Carizme,
& chacun attendit le jour avec
une extrême impatience. Pendant
ce tems Hebat-Alladh, pour en-
courager mon pere, crut qu'il devoit lui faire voir la Princesse : il
le conduisit à son appartement,
& le lui présentant : Ma fille, lui
dit-il, voici un jeune Guerrier en
qui je mets toute mon esperance.
Quelque difficile que soit la réus-
site de ce qu'il me promet, j'ai
une extrême confiance en ses difcours, & s'il vient à bout de détruire notre ennemi, comme il
s'en flatte, je crois que vous ne
refuserez pas de l'accepter pour
époux. *T ij*

Zarat-Alriadh feignant d'être
extrêmement surprise à la vûe
d'Abderaïm : Seigneur, dit-elle
au Sultan, je reçois vos ordres
avec toute la soumission que je
vous dois : j'augure d'autant mieux
des promesses de celui que vous
me présentez, que c'est lui-même que j'ai vû ce matin dans ma
chambre, & dont la présence
m'a si fort effrayée ; que ce soit
un rêve ou une réalité, il y a apparence qu'il est doué d'un pouvoir surnaturel, & qu'il est très-
capable d'éxécuter les choses qui
paroissent les plus impossibles. Le
Sultan se mit à rire de l'idée de
sa fille : Eh ! mon enfant, lui dit-
il, laisse-là tes imaginations noc-
turnes, & recommande seulement ton époux futur aux bontés
de l'Envoyé de Dieu. Seigneur,
reprit Abderaïm, la Princesse
pourroit n'avoir pas tort ; je n'o-
serois vous assurer que ce soit moi

qu'elle ait vû ce matin dans son
appartement ; mais je fuis bien
certain que ce qu'elle vous a dit
à ce fujet, n'eſt point un illufion.
Je n'y comprens rien, repliqua
le Sultan , qui crut que mon pere
vouloit flatter l'imagination de ſa
fille : Songeons feulement à nous
débarraffer d'un ennemi dont je
n'ai que trop fouffert d'outrages.
C'eſt mon affaire , dit alors Abdéraïm , & je puis vous affurer
que demain à l'heure qu'il eſt ,
vous verrez un grand changement
dans vos Etats. Que le Prophete
puiffe feconder vos projets, ajouta le Sultan ; mais il eſt tems de
nous retirer , & de laiffer la Princeffe en liberté. Alors ayant emmené mon pere avec lui, après
lui avoir fait fervir une magnifique collation , il le fit conduire
dans un appartement de fon Palais pour y paffer la nuit.

Le lendemain à la pointe du
T iij

jour, Hebat - Alladh étant forti
de Carizme avec dix mille hommes, il trouva déja l'Elephant fur
l'efplanade, que les Tartares irri-
toient au combat, & cet animal
commençoit à s'impatienter de
ne point voir fon ennemi, lorfque l'on apperçut fortir de la Ville un Lion monftrueux, qui fe
battoit les flancs de fa queue, &
qui par des rugiffemens terribles,
fit connoître aux Tartares l'envie
qu'il avoit de combattre un adver-
faire auffi digne de fon courage.

Avant que de vous faire le récit de ce combat, pourfuivit
Mouïad, il eft bon que je vous
rappelle, illuftres Perifes, ce que
vous fçavez fans doute, c'eft que
tous les animaux de la même efpece ont entr'eux des fignaux ou
des articulations de voix, par lefquels ils s'entendent. Mon pere
informé de cela par Mergian-Banou, ne s'étoit pas plutôt trouvé

feul dans fon appartement la veille du combat, qu'ouvrant les fe-
nêtres de fa chambre, & fe faifant Mouche, il en étoit forti,
étoit defcendu dans la grande place de la Ville, avoit pris la figure
d'un Rat, & par un cri, qui parmi ces petits animaux étoit un fi-
gne d'appel, il avoir affemblé en
moins d'une demie heure, tout
ce qu'il y avoit de Rats dans la
Ville. Alors leur ayant dans fon
langage expliqué de quoi il s'a-
giffoit, il s'étoit mis à leur tête,
étoit forti avec eux par deffous
les portes, au nombre de plus de
huit mille, & avoit été droit au
camp des Tartares, & y ayant
diftribué fes Troupes dans les differens quartiers de cette Armée,
chacun d'eux s'étoit appliqué,
fuivant les ordres de leur Chef,
à ronger (a) la corde des arcs de

―――――――――――――――――――

(a) Cette avanture n'eft pas fans exemple,

T iiij

tous les Tartares qui étoient enfevelis dans le fommeil, & ils avoient éxécuté leur commiffion de maniere que cette cordé ne tenoit prefque plus qu'à un filet.

Cette opération faite dans un extrême filence, mon pere avoit ramené les Rats dans la Ville, & après avoir repris fa figure, & repofé quelques heures, il avoit de grand matin revêtu la forme d'un Lion, & s'étoit trouvé dans la grande place de Carizme, accompagné de deux efclaves-noirs, que Mergian-Banou lui avoit envoyé, & fous la conduite defquels il s'étoit rendu fur l'efplanade.

L'Elephant & le Lion s'étant quelque tems regardés avec des

_____

puifque dans fa petite Phrigie, les Rats dû Pays y étoient adorés par fes Habitans, pour avoir rongé les cordes des arcs de leurs ennemis.

Geographie univerfelle de M. Noblet, Tome 5. folio 110.

yeux étincelans de fureur, ils
commencerent un combat si terrible, qu'on n'en a jamais vû de
pareil; si l'Elephant étoit d'une
force prodigieuse, le Lion qui
étoit invulnerable, & doué d'une
extrême agilité, l'attaquoit avec
tant d'adresse, que cet animal pe-
fant avoit toutes les peines du
monde à se défendre de ses griffes & de ses dents. En vain il employoit contre le Lion sa trompe
dont il le frappoit avec beaucoup
de force : en vain cherchoit-il à
le découdre avec ses dents, le
Lion évitoit par sa legereté les
attaques de son ennemi ; enfin a-
près plus d'une heure de combat,
ce dernier lui saisit sa trompe, la lui
coupa avec ses dents, & lui ayant
crevé les yeux avec ses griffes,
l'Elephant aveuglé, & perdant
son sang, fut bientôt renversé par
le Lion, qui le saisissant à la gor-
ge, l'étrangla avec autant de fa-

cilité qu'il auroit fait un chevreuil.

Les murailles de Carizme qui étoient bordées de spectateurs, retentirent alors de cris de joie, & les dix mille hommes, à la tête desquels étoit Hebat-Alladh, ayant répondu à ces cris, les Tartares en furent si outrés, que suivant les ordres de Nemer, ils s'avancerent à grands pas pour les punir de cette insolence ; mais Abderaïm qui avoit déjà repris sa véritable figure, s'étant joint au Sultan de Carizme, prévint les Tartares, qui voulant se servir de leurs arcs, furent dans une surprise extrême de voir qu'ils n'en pouvoient faire aucun usage : effrayés d'un événement aussi extraordinaire, & percés de toutes parts par les fléches des Carizmiens, qui après avoir vuidé tous leurs carquois, fondirent sur eux le sabre à la main, ils perdirent bientôt courage , & en moins de quatre heures , il ne resta pas un seul Tartare en vie.

Mon pere qui cherchoit avec empressement le cruel Nemer, n'eut pas de peine à le trouver , & après un combat opiniâtre , lui ayant tranché la tête , il alla la porter aux pieds du Sultan de Carizme. A cette vûe , & après une victoire aussi complette, dont tout l'honneur étoit dû à Abderaïm , l'on peut juger de la joie d'Hebat-Alladh & de la Princesse ; on le regardoit avec raison , comme le souverain liberateur des Etats du Sultan , & ce Monarque voulant lui tenir sa parole , lui fit épouser dans le même jour Zarat-Alriadh.

On ne peut exprimer l'extrême satisfaction de mon pere & de son épouse : pendant trois mois de suite ce ne furent que fêtes, après lesquelles le Sultan voulant faire

reconnoître Abderaïm pour son
successeur, il résolut de le conduire dans toutes les Villes de
ses Etats, & de lui faire prêter le
serment de fidelité. Il exécuta
ses intentions, & étant arrivé
dans une Ville dont j'ai oublié le
nom, mais qui étoit située sur le
bord de la mer, le Gouverneur
après les avoir reçu avec une extrême magnificence pendant plusieurs jours, les invita à aller voir
la pêche des perles qui se faisoit
à trois lieues de-là, & se proposa de leur y donner une fête superbe : l'on accepta ses offres, le
Sultan, Abderaïm & son épouse,
car elle avoit voulu le suivre dans
ce voyage, étant montés sur un
vaisseau des plus lestes, se rendirent à l'endroit de la pêche qui
devoit durer trois jours ; l'on servit le premier & le second, des
repas d'une délicatesse exquise,
& la nuit du deux au troisiéme

jour, les trois vaisseaux s'étant
trouvés illuminés par les ordres
du Gouverneur, on poussa le fes-
tin bien avant dans la nuit, & Abderaïm ayant fait une espece de
débauche avec d'excellent vin de
Schiraz, il dormit le lendemain
un peu plus tard qu'il n'avoit fait
les autres jours. On l'attendoit
pour recommencer la pêche, &
apporter à ses pieds les perles à
mesure qu'on les tiroit de leurs
coquilles, lorsque s'éveillant en
sursaut, & s'appercevant de l'in-
action où l'on étoit par rapport à
lui, il s'habilla promptement, &
descendit du vaisseau dans la barque, sans songer à prononcer,
comme il avoit fait tous les jours,
cet acte de foi contenu dans les
paroles que Mergian-Banou lui
avoit tant recommandé de ne
point obmettre. Alors un pêcheur
lui ayant présenté une huître qui
contenoit une perle d'une extrême

beauté, comme mon pere ten-
doit la main pour la recevoir, il
se la sentit saisir par une femme
d'une figure horrible, qui l'en-
traîna avec lui dans le fond de la
mer.

LXXII. SOIRE'E.

Suite de l'Histoire d'Abderaïm
racontée par Mouïad.

JAmais il n'y eut de surprise &
de douleur égale à celle de
Zarat-Alriadh, & du Sultan. Ils
ordonnerent à tous les Pêcheurs
de plonger promptement pour
voir s'ils ne pourroient pas retirer
mon pere des mains de cette
Megere ; leurs peines furent inutiles, & Zarat-Alriadh & Hebat-
Alladh livrés au plus cruel désespoir, furent obligés de retourner
à la Ville d'où ils étoient partis

trois jours auparavant, sans espérance de revoir jamais l'infortuné Abderaïm.

La Princesse de Carizme abîmée dans sa douleur, s'étoit retirée dans sa chambre qui avoit vûe sur la mer ; elle y répandoit des larmes sinceres sur la perte d'un époux qu'elle aimoit tendrement, lorsque s'appuyant par hazard contre un panneau de la boiserie, il s'ouvrit, & lui laissa voir un cabinet rempli de Tableaux qui représentoient toute l'Histoire d'Abderaïm jusqu'au moment qu'à la pêche des Perles il avoit été enlevé par Scheitan-Couli ; car c'étoit cette mauvaise Dive qui l'avoit emporté dans sa noire & sombre demeure.

Elle fut dans un étonnement extrême en examinant ces Tableaux, & ayant jetté la vûë sur un Livre qu'elle trouva ouvert sur une table, elle y lut ces mots :

Princesse, si tu veux retrouver ton époux, avalle trois gouttes de la liqueur qui est sur cette table, tu prendras aussi-tôt la forme d'une Aigle ; sous cette figure, transporte-toi en Egypte sur le Gebel-Teir (a). C'est dans huit jours que tous les oiseaux des environs s'y assemblent par le moyen d'un Talisman qui les y attire, & qui les y fait rester jusqu'au soir, alors ils s'envolent tous,

---

(a) Dans la relation d'un voyage fait en Egypte par le Pere Vansleb en 1672. & 1673. voici ce qu'on y lit au folio 402. Le 19. du courant, [Avril 1673.] je m'embarquai pour Benesuef avec un bon vent qui nous fit faire en peu de tems bien du chemin ; nous nous trouvâmes à neuf heures du matin sous Gebel-Teir ou la Montagne des Oiseaux, ainsi appellée, à cause qu'un certain jour de l'année, tous les oiseaux des environs s'y assemblent en un endroit où il y a un Talisman qui les attire par un charme de tous côtés, & les y fait rester pendant un jour, & après avoir été là jusqu'au soir, ils s'en vont tous, à la reserve d'un seul, qui y demeure le bec fiché dans le Roc jusqu'au même jour de l'année suivante qu'il tombe, & qu'un autre s'y fiche à sa place.

à

à l'exception d'un seul qui y demeure le bec enfoncé dans le Roc, jusqu'au même jour de l'année suivante qu'il tombe, & qu'un autre prend sa place. Rends-toi la maîtresse du Roc, c'est-à-dire, prends la place de l'oiseau qui y est pris par le bec, & quand tous les autres seront partis, prononce intérieurement ces mots divins que ton époux a malheureusement oublié de dire le jour que tu l'as perdu. Ces saintes paroles sont; En la illallave Mouhemed ul resoul ulla. Tu seras instruite alors de ce qu'il faudra que tu fasses pour tirer Abderaïm des mains de la méchante Gine.

Zarat-Alriadh après avoir lû plus d'une fois cette longue instruction, & répeté ces divines paroles, n'hésita pas un moment à avaller de l'eau de la bouteille qui étoit à côté du Livre : dans le moment même elle se sentit couverte de plumes, & s'élançant

Tome III. V

dans l'air, elle prit fon vol du côté
de l'Egypte, où elle arriva après
fept jours d'une extrême fatigue
fur la montagne qui lui avoit été
indiquée ; là, s'étant approchée
de l'oifeau qui étoit attaché par le
bec ; elle combattit avec tant de
vivacité tous ceux qui vouloient
lui difputer cette place, qu'elle
s'en rendit la maîtreffe, & que le
foir étant furvenu, & tous les
oifeaux ayant quitté la montagne,
elle fe trouva prife par le bec.
Alors prononçant les myfterieufes
paroles qu'elle avoit lû dans le
Livre du cabinet, le Roc s'ouvrit,
elle reprit fa forme naturelle, &
defcendit par un efcalier tout
brillant de rubis & d'efcarboucles
dans un fallon d'une extrême ri-
cheffe : il n'étoit éclairé que par
une lampe d'or fufpendue au plan-
cher au-deffus d'un tombeau de
criftal de roche, & au pied du
tombeau étoit un petit arbre au-

quel pendoient trois cerifes d'or.
Quelle fut fon affliction quand
elle apperçut fous ce criftal fon
cher Abderaïm nud de la ceinture
en haut, & dont le corps paroiffoit déchiré de coups de foüets!
elle penfa mille fois expirer à la
vûe d'un objet fi touchant & fi
déplorable ; elle vouloit caffer le
tombeau en mille piéces ; mais
mon pere lui fit entendre d'une
voix foible, que tous fes efforts
feroient inutiles, & que ce n'étoit
pas le moyen de le tirer d'un état
fi miferable. Chere lumiere de ma
vie, lui dit-il, faififfez-vous des
trois cerifes d'or que vous voyez
attachées à cet arbre, mettez-les
dans votre bouche, remontez
promptement l'efcalier, reprenez
votre forme d'oifeau, retournez
au cabinet où vous avez fait cette
métamorphofe ; tournez le feüillet du Livre que vous y avez lû,
& éxécutez ce que Mergian-
V ij

Banou y a écrit pour ma délivrance ; j'attendrai ce moment avec
la résignation que je dois aux
volontés de notre saint Prophete.

La Princesse s'empara sans
differer des trois cerises qu'elle
mit dans sa bouche ; elle remon-
ta l'escalier sans perdre de tems,
& ayant repris la forme d'Aigle,
elle regagna le Cabinet dont elle
étoit partie, & où elle ne put
arriver bien fatiguée qu'après le
septiéme jour ; elle n'y fut pas
plutôt entrée, que reprenant sa
premiere figure, elle tira de sa
bouche les cerises d'or, qu'elle
mit sur la table, & tournant le
feüillet du Livre, voici ce qu'elle
y lut : *Tu ne peux obtenir la déli-*
vrance de ton Epoux que d'aujour-
d'hui en neuf mois ; pendant ce tems,
reste dans ce Château, tu y accou-
cheras d'un garçon, que tu nommeras
Mouïad, & au jour indiqué, monte
avec ton fils dans une barque, fais-
toi conduire à l'endroit même où tu

perdis Abderaim. Là, le Prophete
t'inspirera ce qu'il faut que tu fasses
pour la délivrance de ton Epoux ;
n'oublie pas sur tout de porter avec
toi les trois cerises d'or.

Conformément à ce que Za-
rat-Alriadh venoit de lire, elle
ferra très-précieusement les cerises d'or, & rentrant dans sa
chambre, elle descendit à l'appartement du Sultan, qui passa
de la plus vive douleur à la joie
la plus excessive en revoyant la
Princesse, qu'il croyoit s'être
précipitée dans la mer ; elle lui
raconta tout ce qui lui étoit arrivé,
& lui ayant montré les trois cerises d'or, elle le surprit tellement
par ce récit, qu'il eut toutes les peines du monde à y ajouter foi. Il
courut à la chambre de la Princesse,
il en examina avec soin la boiserie ;
mais ainsi que la Princesse, il ne
put jamais retrouver la porte du
Cabinet ; cependant persuadé

qu'elle ne lui en impofoit pas, il
prit le parti quelques jours après,
de la laiffer dans le Château ; &
de retourner à Carizme, dans la
crainte que les Tartares ne vinf-
fent de nouveau lui faire quelqu'infulte.

Zarat-Alriadh refta donc dans
ce Château, inceffamment occupée de fon cher Abderaïm, &
fentant croître de jour en jour le
fardeau qu'elle portoit dans fes
entrailles ; enfin elle étoit prête
à en être délivrée, lorfqu'elle re-
trouva la porte du Cabinet myfte-
rieux ; elle y entra avec une extrême joie, & courut au Livre,
qu'elle trouva ouvert, elle y lut
ceci : *Tu accoucheras demain d'un*
fils ; mais apprends que la durée de
fa vie dépend de toi ; fi tu fouhaites
qu'il vive, il faut renoncer à toutes
les grandeurs qui t'appartiennent ;
c'eft l'arrêt du deftin qui te féparera
encore dans quelques années de ton

Epoux, pour un tems très-confiderable.

Il est impossible de bien s'imaginer dans quelle situation se trouva la Princesse à cette lecture ; elle se livra pendant le reste du jour & toute la nuit à la plus amere douleur, & le lendemain m'ayant mis au monde, elle eut tant de compassion de moi, que me prenant dans ses bras, mon cher Mouïad, me dit-elle, je te sacrifie sans regret, toutes les dignités ausquelles j'ai droit d'aspirer ; ta vie m'est plus précieuse que de vains titres, que je méprise ; je les quitte pour toi sans hésiter : Fasse le Ciel que tu sois heureux, & que notre saint Prophete te regarde d'un œil favorable.

Je vécus donc par l'abdication que ma mere fit de ses grandeurs, & quand le jour qu'elle attendoit avec tant d'impatience pour la délivrance de mon pere fut arrivé, elle me prit entre ses bras, me porta elle-même dans la barque; & munie de ses trois cerises d'or, elle se fit conduire à l'endroit où Abderaïm avoit été englouti il y avoit neuf mois.

***

LXXIII. SOIRE'E.

Suite de l'Histoire d'Abderaïm, racontée par Mouiad.

NOus ne fûmes pas plutôt arrivés au lieu marqué, que je me mis à pleurer amerement; ma mere qui jusqu'à ce moment, ne m'avoit pas encore vû verser une seule larme, en fut très-étonnée: mais elle le fut encore plus, lorsque l'horrible Gine qui avoit enlevé mon pere, mit la tête hors de l'eau: Pourquoi cet enfant crie-t'il ainsi, dit-elle d'une voix terrible? C'est, lui répondit la
Princesse,

Princesse, qu'il te redemande
son pere. Et bien, repliqua Scheitan Couli, que me donneras-tu,
je te le ferai voir jusqu'aux épaules ? Je te ferai présent de cette
cerise d'or, lui dit ma mere, en
la lui montrant ; & ensuite la jettant sur la parole de la Gine,
mon pere parut hors de l'eau,
ainsi qu'elle l'avoit promis ; ma
mere en fut si transportée de joie,
qu'elle proposa à la mauvaise Fée
de lui en donner encore une,
pourvû qu'elle lui fit voir son é-
poux jusqu'aux genoux. Je ferai
plus, lui dit-elle, tu le verras entierement hors de l'eau, si tu
veux me jetter la troisiéme. Je te
le jure, lui repliqua ma mere,
par le Trône de l'Envoyé de
Dieu; alors Scheitan Couli ayant
élevé mon pere au-dessus des flots
de la mer, il n'eut pas plutôt prononcé les mystérieuses paroles
que je vous ai dites , & sou-

Tome III. X

haité de devenir mouche, que
disparoiſſant auſſi-tôt, il prit ſon
vol vers notre barque, dans laquelle il ne fut pas plutôt entré,
que reprenant la figure d'Abderaïm, il embraſſa tendrement ma
mere, & me mouilla le viſage de
ſes larmes,

La mauvaiſe Fée qui croyoit
que le don de Métamorphoſe,
accordé à mon pere étoit fini dès
la veille, fut dans une ſurpriſe
extrême, lorſqu'après avoir ra-
maſſé la troiſiéme ceriſe d'or,
elle s'apperçut qu'Abderaïm n'é-
toit plus en ſon pouvoir; elle en
devint forcenée de rage, & pour
ſe venger de nous, elle excita
une ſi furieuſe tempête, que notre
barque s'élevant à tous momens
juſqu'au Ciel, paroiſſoit l'inſtant
d'enſuite vouloir ſe précipiter au
fond des abîmes.

Tant que dura ce terrible ou-
ragan, mon pere tint ma mere

entre ses bras ; il implora vaine-
ment le secours de Mergian-Banou ; l'année venoit d'expirer, la
Fée fut sourde à ses prieres ; &
après avoir été pendant tout le
jour le jouet des flots , nous fûmes enfin jettés sur un écueil,
où notre barque échoua. Heureusement qu'il y avoit dedans
des provisions, dont mon pere
& ma mere avoient un extrême
besoin ; pour moi j'étois mou-
rant, n'ayant pû prendre la ma-
melle tant que la tempête avoit
duré. Le lendemain le tems ayant
paru plus serain , Abderaïm jugea
à propos de nous remettre en
mer ; & pendant que nos Matelots travailloient à nous tirer de
dessus l'écueil, Zarat-Alriadh lui
raconta de quelle maniere elle
m'avoit conservé la vie, & lui
annonça leur séparation future ;
mon pere fut extrêmement touché de ce récit, & de l'état dé-

plorable dans lequel nous étions;
enfin en ménageant nos vivres
avec beaucoup d'économie, nous
voguâmes au gré du vent pendant neuf jours, au bout desquels
il devint si violent, qu'il nous em-
porta, sans que nous eussions aucune espérance d'échapper à la
fureur des flots ; nous fûmes trois
jours dans cet état, sans aucuns
vivres, la nature défaillant en
nous ; nos Matelots furent contraints par foiblesse d'abandonner
la conduite de la barque, & tom-
bant tous dans une espece d'af-
soupissement qui ressembloit fort
au sommeil de la mort, nous ne
pouvons dire ce que nous devîn-
mes, ni quelles mers nous traver-
sâmes ; mais après avoir été environ huit jours suivant toutes les
apparences dans cette situation,
notre barque s'arrêta à un Port,
dont les Habitans nous reçurent
avec beaucoup de bonté, l'état

dans lequel nous étions, ayant
excité leur pitié. Ils eurent un
soin extrême de nous, & nous
ayant transportés dans différentes
maisons, ils n'épargnerent rien
pour nous rétablir de la fatigue
inouie que nous avions suppor-
tée.

La Ville où nous étions étoit
située dans une petite Isle de la
Mer de Tartarie, fort au-dessus
du Royaume d'Anian; (a) &
comme elle fournissoit peu de
marchandises, il n'y abordoit
presque point de vaisseaux; en
effet, nous fûmes près de deux
ans & demi sans en voir aucun;
cependant au bout de ce tems il
y en vint un, dont le Capitaine
après avoir bien vendu sa carguaison, se disposa à partir pour la

_____

[a] Le Détroit d'Anian est entre l'Isle de
Californie vers l'Amerique & la terre de Jeso,
Jedzo ou Jello. *Baudrant.*

X iij

Ville de Bargu, qui est située dans l'Océan septentrional, vers l'endroit où la Riviere de Tartarie se décharge dans la Mer. Comme nous aurions pu de-là gagner par terre le Royaume de Carizme, Abderaïm alla trouver le Capitaine de ce vaisseau, & lui ayant fait présent d'un diamant de prix, du nombre de ceux que ma mere avoit sur elle, lorsqu'elle étoit entrée dans la barque, il l'engagea à nous recevoir dans son bord.

Ce Capitaine étoit un assez bel homme, mais il étoit d'une violence extrême dans ses passions ; pendant le cours de notre voyage, comme il devint, suivant les apparences, amoureux de ma mere, & qu'il jugea bien par l'union étroite qui régnoit entr'elle & Abderaïm, que tant qu'ils seroient ensemble, la présence de mon pere seroit un obstacle

invincible à ſes deſirs, il réſolut
de ſe défaire de lui, & il eut
bientôt lieu d'éxécuter ſes mau-
vaiſes intentions. Nous avions
été obligés de relâcher à une petite Iſle pour faire quelques pro-
viſions. Il y trouva un autre
vaiſſeau qui étoit prêt à en faire
voile ; il alla trouver le Capitaine,
& lui ayant propoſé de lui vendre un de ſes eſclaves & un enfant, il nous donna à lui pour
quarante piéces d'or, à condition qu'il nous enleveroit la veille
de ſon départ : cela fut exécuté
au moment que mon pere ſe pro-
menoit avec moi ſur le bord de la
mer ; & l'eſquif dans lequel on
nous jetta n'eut pas plutôt joint
le vaiſſeau, que tout étant prêt
pour partir, nous étions déja bien
loin du Port avant que l'on eût
pû s'appercevoir de notre départ;
Abderaïm en témoigna ſa ſurpriſe
au Capitaine ; mais cet homme

X iiij

fans lui répondre, allat donner
les ordres néceffaires pour la manœuvre ; l'on peut juger de l'extrême douleur de mon pére , il
reffentit en ce moment tout fon
malheur : féparé d'une Princeffe
qu'il aimoit tendrement , & foup-
çonnant avec juftice la perfidie de
notre Capitaine , il fe livra au défefpoir le plus affreux ; & fi quelque chofe , à ce qu'il m'a dit depuis , fut capable de l'empêcher
de furvivre à la perte de fa liberté , ce furent les careffes innocen-
tes que je lui fis dans ce moment ;
il réfolut donc de fe roidir contre
fa mauvaife fortune , & n'ayant
revû que le lendemain le Capitaine du vaiffeau fur lequel nous
étions : Je vois bien , lui dit-il ,
que je fuis ton efclave , & que le
fcélerat qui m'a remis entre tes
mains , par une lâcheté incom-
parable , a bien compté que tu ne
me rendrois pas la liberté ; je te

crois cependant trop honnête-
homme pour avoir part aux infâmes desseins de ce traître, qui
sans doute n'a contribué à nous
remettre entre tes mains, que
pour m'enlever ma femme ; mais
le Ciel toujours juste n'approuve-
ra pas sans doute ses projets, &
je suis si sûr de la vertu de mon
épouse, que je ne crains point
de dire qu'elle préferera toujours
la mort à la moindre action par
laquelle sa pudeur pourroit être
offensée.

LXXIV. SOIRE'E.

Suite de l'Histoire d'Abderaïm,
racontée par Mouïad.

LE Capitaine fut surpris du
discours de mon pere : il est
vrai, lui dit-il, que toi & cet
enfant, vous êtes mes esclaves ;

mais je n'ai point été instruit des
mauvaises intentions de celui qui
vous a fait perdre votre liberté ;
& pour te le faire voir, comme
tu ne m'as coûté avec cet enfant
que quarante piéces d'or, tu n'as
qu'à me les rendre, ou me jurer
que tu me les feras toucher dans
quelqu'un des Ports où nous abor-
derons, & je te déclare que vous
êtes libres l'un & l'autre dès ce
moment.

Quelqu'affliction que mon pere ressentît, il fut touché d'un
procedé aussi généreux, & ayant
tiré de sa poche un diamant qui
pouvoit valoir cent piéces d'or,
il le présenta au Capitaine, & le
pria de l'accepter pour notre liberté ; cet homme charmé de la
libéralité de mon pere, déclara
en présence de tout l'Equipage,
que nous n'étions plus dans l'esclavage, & ayant abordé le sur-
lendemain à un Port dont le nom

m'eſt échapé, il nous mit à terre
ſuivant les intentions de mon
pere.

Comme nous avions eu le vent
très-favorable, nous avions fait
plus de deux cent lieues pendant
les quatre ou cinq jours que nous
avions été en mer ; ainſi nous
trouvant trop éloignés de l'endroit où nous avions laiſſé Zarat-
Alriadh pour eſpérer qu'elle y fût
encore, mon pere ne crut pas
pouvoir trouver de moyens plus
prompts pour l'arracher des mains
du perfide Capitaine, que celui
de croiſer la Mer ; pour cet effet
ayant par le moyen de ſes diamans acheté un vaiſſeau très-bon
voilier, & fait choix pour le
gouverner d'un Capitaine brave
& intelligent, nous courûmes
tous les Ports de l'Ocean ſepten-
trional, ſans avoir pu en apprendre aucune nouvelle.

Abderaïm enfin n'ayant plus

aucune efpérance de retrouver
fon époufe, & fe reffouvenant
qu'elle lui avoit annoncé qu'ils
devoient un jour être féparés l'un
de l'autre pendant un très-long-
tems, il réfolut de fe conformer
avec toute la réfignation imaginable à la volonté du Ciel ; pour
cet effet, ne jugeant pas à propos
de retourner à Carizme, & de
s'aller préfenter au Sultan fon
beau-père, fans la Princeffe Zarat-Alriadh ; & appréhendant
qu'il ne traitât de fable tout ce
qui lui feroit arrivé, il prit la réfolution de retourner dans fa patrie. Après avoir paffé du détroit
d'Anian, dans l'Ocean Oriental,
avoir parcouru la Mer de la Chine, être parvenu dans l'Ocean
Indien, avoir traverfé le détroit
de la Sonde, & être entré dans
la Mer d'Arabie, nous arrivâmes
après deux ans dans le Port de
Sorer, d'où par terre nous retournâmes à Candahar.

Abderaïm, à ce qu'il m'a dit
depuis, car vous jugez bien que
je n'ai point du tout d'idée de ce
que je vous ai raconté jufqu'à
préfent, & que ce n'eft que pour
le lui avoir fouvent entendu répe-
ter, que je m'en fuis fi bien ref-
fouvenu. Abderaïm dis-je, de
retour à Candahar, y acheta un
petit bien, & fe donna tous les
foins poffibles pour mon éducation.

Comme toutes les efpérances
de mon pere malgré fa fituation
préfente, n'étoient pas entiere-
ment évanouies, il fe plaifoit à
fe rappeller fouvent l'heureux
tems auquel il avoit joui d'une
fortune fi brillante; il avoit des
voifins avec lefquels il s'entrete-
noit fouvent de fes avantures; &
quoiqu'il les racontât toujours de
la même maniere, fans jamais fe
contredire, ils les trouvoient fi
incroyables, qu'ils lui donnoient

souvent en riant, comme je vous l'ai déja dit, le surnom de (a) Kedhab dont Abderaïm ne se fâchoit pas, convenant lui-même que si un autre lui faisoit de pareils récits, il auroit toutes les peines du monde à y ajouter foi.

Je restai à Candahar, poursuivit Mouïad, jusqu'à l'âge de quatorze ans, fort attaché à mes devoirs ; mais alors deux de mes camarades que l'on tenoit de fort court, ainsi que moi, lassés de cette gêne, me proposèrent de quitter la maison de mon pere, & de faire avec eux un voyage en Perse. Nous avions tous trois appris la musique, & nous fiants sur ce talent, avec l'argent dont nous pûmes nous emparer, nous n'appréhendâmes pas de nous trouver jamais dans l'indigence ; nous partîmes donc pour Hispa-

(a) *Kedhab* signifie un menteur, un homme qui outre ses récits.

han , & nous y arrivâmes fans
aucun obſtacle : nous nous y ré-
jouîmes beaucoup , & comme
cette grande Ville fournit des
plaiſirs de toutes les eſpéces ,
nous eûmes bientôt dépenſé tout
notre argent ; ce fut alors que
nous commençâmes à faire des
refléxions : nous ne ſçavions où
donner de la tête ; mais enfin réſolus de profiter du mérite que
nous avions dans le chant, nous
nous joignîmes à une troupe de
Danſeuſes , dont les charmes furent un nouvel empêchement à
notre retour à Candahar ; je me
conformai donc aux ſentimens de
mes camarades, & les éloges que
nous reçûmes dans notre profeſſion nous flattèrent tellement ,
qu'elle commença à nous plaire.

Cependant je me reprochois
ſouvent d'avoir ainſi quitté mon
pere : outre que je faiſois alors
des refléxions très-ſenſées ſur la

douleur qu'il devoit avoir reſſen-
tie à mon départ, j'avois encore
quelquefois regret au parti que
nous avions pris : s'il eſt vrai, me
diſois-je, que je ſois petit-fils du
Sultan de Carizme, quelle honte
pour moi d'avoir embraſſé ce
genre de vie?

Pendant que je raiſonnois ainſi
en moi-même, il arriva à Hiſpa-
han une autre troupe de Danſeuſes, qui après y avoir fait quelque ſéjour, ſe diſpoſoit à paſſer
dans le Mogoliſtan, & qui devoit
pour y entrer, prendre la route de
Candahar. Agité ſans ceſſe des
remords d'avoir quitté avec auſſi
peu de raiſon Abderaïm, j'a-
bandonnai mes Camarades qui ne
voulurent pas me ſuivre, & me
mettant dans cette troupe, qui
étoit de beaucoup ſupérieure à
celle que je quittois, je repris le
chemin de cette Ville, & après
avoir paſſé par toutes celles qui ſe
trouverent

trouverent sur notre route, &
dans lesquelles nous gagnâmes
beaucoup d'argent : nous arrivâmes enfin à cinq lieües de Candahar, d'où j'étois parti il y avoit
près de deux ans, & là je pris
congé de notre Directrice, à qui
je dis que je la rejoindrois dans
peu, quoique ce ne fût pas mon
intention. J'allai donc seul dans
cette Ville ; j'y trouvai bien la
maison d'Abderaïm, mais ses
voisins qui ne me reconnurent
pas, me dirent qu'il y avoit plus
de dix-huit mois qu'il en étoit
parti pour aller chercher un fils
unique qu'il avoit perdu.

LXXV. SOIRE'E.

Suite de l'Histoire d'Abderaïm,
racontée par Mouïad.

JE fus faisi d'une extrême douleur, en apprenant que mon
pere n'étoit pas à Candahar; je fis
alors mille reflexions plus triftes
les unes que les autres, fur les
peines qu'il auroit à fouffrir dans
fes voyages. Cependant n'y pouvant apporter aucun remede, je
réfolus d'aller retrouver notre Directrice, efperant dans nos cour-
fes de retrouver Abderaïm. Mais
avant que de partir de Candahar,
j'allai à la porte de derriere de notre maifon : elle s'ouvroit avec un
fecret qui n'étoit connu que de
mon pere & de moi; je l'ouvris, j'y
vis tous les meubles à peu près
tels qu'ils étoient lorfque j'en étois

parti, & j'y trouvai sur la table de la chambre de mon pere un papier plié, dans lequel il y avoit écrit : *L'ingrat Mouïad sera cause de ma mort.* Je ne pus lire ces mots sans répandre beaucoup de larmes ; & après avoir laissé sur cette même table une lettre, par laquelle je demandois pardon à Abderaïm de mon absence, dans les termes les plus soumis, je lui marquois que la nécessité m'o-bligeoit de parcourir la Tartarie, le Turquestan & les Indes, & que je faisois des vœux au Ciel pour le rencontrer dans quelqu'un de ces pays. Je refermai ensuite la porte ; je me rendis au Kéra-venserail où nôtre troupe devoit loger : j'y fus reçu avec une joie extrême, & après avoir gagné beaucoup d'argent dans cette vil-le, ainsi que dans toutes celles par lesquelles nous avons passé depuis six ans, en m'informant

toujours si l'on ne connoissoit pas
Abderaïm, nous arrivâmes enfin,
il y a quelques jours très-tard à
Cambaye ; nous y fûmes reçûs
dans le Karavenserail avec beaucoup de bonté par le Concierge :
il nous distribua des chambres ,
& comme j'étois fort fatigué ; à
peine fus-je dans la mienne, que
je m'endormis profondément ;
mais je n'ai jamais passé de nuit
qui m'ait fait tant de peine. Toute
l'histoire de la vie de mon pere
me repassa dans l'esprit ; je le vis
en rêve tenant par la main une
belle Dame sans voile ; je courus
fondant en larmes me jetter à ses
pieds ; il me releva, m'embrassa,
& me présentant à cette Dame :
Zarat-Alriadh , lui dit-il les larmes aux yeux, voilà notre fils
que je cherche depuis si long-
tems ; je voulus me jetter au col
de ma mere, avec les transports
qu'inspire la nature dans de pa-

reils momens , lorfque me re-
pouffant avec indignation : ce ne
peut pas être là Mouïad , lui dit-
elle ; le petit-fils du Sultan de
Carizme doit avoir trop de cœur
pour être de la profeſſion que ce
jeune homme a embraſſée ; ce
n'eſt point là mon fils. Quelque
confus que je fuſſe de ce repro-
che , que je méritois avec tant de
juſtice : Ah ! Madame , m'écriai-
je , quelqu'indigne que je me
fois rendu de me dire votre fils ,
je fuis pourtant ce Mouïad qui
vous fut autrefois ſi cher ; &
puifqu'Abderaïm m'affure que je
vous dois le jour , permettez que
par cet embraſſement je vous témoigne la joie que j'ai de vous
retrouver après une auſſi longue
féparation.

Je m'approchois de la Princeſſe pour l'embraſſer , lorfqu'elle
me donna un foufflet ſi furieux ,
que j'en tombai à la renverſe. Je

fis alors un cri si perçant, poursuivit Mouïad, qu'il réveilla Maffoud qui couchoit dans ma chambre : il vint à mon lit, & me demanda ce que j'avois ; j'étois si
ému, que je ne pouvois parler,
il crut que je me trouvois mal,
& ayant été promptement allu-
mer la lampe de notre chambre à
celle qui étoit dans la Gallerie du
Karavenserail, il vint me retrouver : je lui contai mon rêve, dont
il ne fit d'abord que rire ; mais
me voyant la joue extrémement
rouge & enflée, il en resta surpris ; ensuite faisant refléxion sur
cet évenement : il faut, dit-il,
que sur la fin de ton songe, tu te
sois cogné la tête contre la mu-
raille ; voilà le soufflet que tu
t'imagines avoir reçu

Je ne sçavois que penser de
tout ce qui venoit de se passer ;
pendant que nous raisonnions
Massoud & moi, sur une avantu-

re auſſi ſinguliere, le jour parut ;
je me levai, nous fûmes enſem-
ble nous promener dans la Ville
de Cambaye, & nous nous y
fîmes annoncer ; mais ſoit que
perſonne ne fût encore curieux
de nous voir, ou que l'on crût
notre troupe auſſi mauvaiſe que
celle, qui quelques mois auparavant étoit partie de cette Ville,
nous ne fûmes appellés dans aucune maiſon ; nous en témoignâ-
mes notre chagrin au Concierge.
Il ne faut pas que cela vous faſſe
peine, nous dit-il ; votre mérite
n'eſt pas encore connu dans Cambaye ; en attendant, vous pouvez reſter dans ce lieu tant qu'il
vous plaira, & ſans qu'il vous en
coûte rien ; & pour vous remettre de bonne humeur, je veux ce
ſoir donner un grand ſoupé à toute la troupe. Nous ſoupâmes ef-
fectivement ce ſoir-là chez le
Concierge, & il nous regala très-

bien ; mais depuis ce tems , nous n'avons pas entendu parler de lui , & il y a toute apparence que pendant la nuit qui fuivit ce repas, nous fûmes transportés dans ces lieux enchantés.

Les avantures de votre pere font fingulieres , dit Cothrob à ce jeune homme ; le tems vous fera bientôt connoître fi en les racontant, Abderaïm difoit vrai , & fi le foufflet que vous croyez avoir reçu dans le Karavenferail , eft réel , ou s'il n'eft que l'effet d'un fonge. Nous fommes bien perfuadées , reprirent les Sultanes, que Mouïad eft dans la bonne foi ; mais il y a beaucoup d'apparence qu'Abderaïm pour fe donner un air de diftinction parmi fes voifins de Candahar , a imaginé toute cette hiftoire.... Vous pourriez vous tromper , reprit l'Iman , & moi je crois que tout le récit de Mouïad contient une exacte vérité,

rité. Au reste, il est bien aisé de
vous en éclaircir ; vous n'avez
qu'à ordonner aux Génies qui
vous obéissent de transporter en
ces lieux Abderaïm & la Princesse de Carizme, je suis sûr que
vous serez servies dans le moment même ; ah ! Seigneur, dit
Mouïad, en se jettant aux pieds
de Cothrob, engagez ces illustres
Perizes à m'accorder cette grace,
quelqu'indigne que je sois par ma
conduite de l'obtenir. Reconnoître ses fautes, s'en repentir sincerement, c'est le devoir d'un honnête-homme, reprit l'Iman ; &
notre Prophete qui connoît le
fond de votre cœur, vous accorde cette grace, autant pour votre
satisfaction, que pour sa gloire ;
alors au signal qu'il fit, les portieres ayant été relevées, Abderaïm & Zarat-Alriadh parurent
dans le Salon : Il est impossible
de bien représenter l'étonnemen:

de tous les Spectateurs, & l'extrême joie que reffentit Mouïad à la vûe de fon pere : Seigneur, lui dit-il, en fe proſternant à fes genoux, vous voyez à vos pieds un fils qui n'ofe lever les yeux fur votre augufte viſage, ni fur celui de la Princeſſe de Carizme ; fa conduite le rend indigne de vos bontés ; mais fi l'extrême regret qu'il a de vous avoir offenfé peut mériter fa grace, il vous la demande avec toute la foumiſſion d'un fils qui mourra de douleur en ce moment, fi vous fuivez contre lui les mouvemens de votre jufte colere.

Abderaïm & Zarat-Alriadh étoient fi furpris de fe voir dans un lieu qui leur étoit tout-à-fait inconnu, d'y retrouver leur fils, & de le voir dans une pofture auffi humiliée, qu'après que les premiers momens d'étonnement furent paſſés, ils ne purent s'empêcher de verser un torrent de larmes, en embraſſant Mouïad. Par quel pouvoir ſurnaturel, lui dirent-ils, nous trouvons-nous dans ces lieux enchantés ? Comment eſt-il poſſible que nous y ayons été conduits ? & à qui avons-nous cette obligation ? C'eſt au Prophete de Dieu à qui vous devez en marquer votre reconnoiſſance, dit alors Cothrob, & Abdéraïm qui a fait de plus grands voyages en moins de rems, ne doit point être ſurpris d'avoir été tranſporté en ſi peu de momens du Serail du Sultan de Tangut (a) dans ce Palais. Il eſt

_____

(a) Le Royaume de Tangut eſt borné par les Montagnes d'Altay qui ſont l'ancien Imaus, leſquelles le ſéparent au Nord des Tartares Monguls, & au levant de la Chine, le lac de Chiamay & la riviere d'Hoanik, le ſéparent vers le midy de l'Inde de là le Gange, & le Royaume de Kaſgar le confine vers le couchant.

Noblot T. 5. fol. 17.

Z ij

vrai, Seigneur, reprit Abde-raïm, qu'après les avantures mer-veilleuses & consolantes qui me sont arrivées, je ne dois plus m'étonner de rien ; cependant je vous avoue que je ne puis m'em-pêcher d'être extrêmement sensi-ble à celle-ci, puisqu'elle me rend un fils dont la Princesse & moi nous pleurions la perte dans l'instant que nous le retrouvons.

Seigneur, reprit Gehernaz, ce fils si cher venoit de nous racon-ter votre Histoire, jusqu'au mo-ment qu'entraîné par les vives sollicitations de deux jeunes gens de son âge, il vous quitta ; & si ce récit nous a fait à tous beau-coup de plaisir, je suis persuadée que les avantures qui vous sont arrivées, méritent également tou-te notre curiosité ; je n'oserois pourtant vous prier de nous en faire part en ce moment, ce se-roit vous priver trop tôt du plaisir

que la Princeſſe & vous reſſentez
en retrouvant Mouïad ; il faut
vous laiſſer en liberté ; l'on va
vous conduire dans un appartement où vous trouverez toutes les
choſes dont vous pouvez avoir
beſoin , & nous nous flatons que
demain , à peu près à pareille
heure , vous ne nous refuſerez
pas le récit de ces avantures mer-
veilleuſes & conſolantes , que
vous nous avez annoncées.

Abderaïm ayant témoigné aux
Sultanes , qu'il ſeroit toujours
très-diſpoſé à leur donner toutes
les marques de ſon reſpect & de
ſa ſoumiſſion , les aſſûra qu'il ne
manqueroit pas le lendemain d'ê-
tre prêt à leur raconter ſon hiſtoire ; il paſſa enſuite avec ſon épouſe & ſon fils dans le lieu qu'on
lui avoit deſtiné. Ce fut là où
Mouïad après avoir réiteré ſes
pardons , reçut mille tendres
embraſſemens de la Princeſſe de

Z iij

Carizme, & qu'il lui apprit, ainſi qu'à Abderaïm, qu'ils étoient dans le Ginniſtan ; cela étoit d'autant moins difficile à croire, que leur tranſport merveilleux dans ce Palais, & leurs propres avantures les autoriſoient à être fort crédules ſur de pareils évenemens ; perſuadés donc qu'ils étoient dans le Palais des Perizes, & que ce qui venoit de leur arriver, n'avoit été fait que par leur moyen, ils ne parurent pas plutôt devant elles le lendemain, que ſe proſternant à leurs pieds, ils leurs firent tous les remercimens imaginables des obligations qu'ils leur avoient ; & Abderaïm croyant s'appercevoir, qu'elles attendoient avec quelque ſorte d'impatience qu'il leur racontât ſes avantures, il commença en ces termes :

LXXVI. SOIRE'E.

*Suite de l'Histoire d'Abderaïm,
racontée par lui-même.*

L'Absence de Mouïad me causa un déplaisir si sensible, que j'en pensai mille fois mourir de douleur. J'attendis une quinzaine de jours pour voir s'il ne reviendroit pas, & ce tems expiré, n'ayant point eu de ses nouvelles, je résolus de l'aller chercher ; je fermai ma maison, je laissai sur la table de ma chambre un papier sur lequel en peu de mots, je lui expliquois la situation cruelle où sa fuite me mettoit (en cas qu'il revînt à la maison pendant mon absence) & je me mis en chemin pour aller le chercher ; je n'avois garde de le trouver en commençant par le

Z iiij

Turqueſtan, le Mogoliſtan, &
par les Indes, auſquelles il tour-
noit le dos, puiſqu'il m'a appris
hier qu'il avoit porté d'abord ſes
pas du côté de la Perſe. Après
plus d'un an de fatigue, un jour
aſſez tard que j'arrivai à un gros
Bourg tout proche d'Agra, la
nuit me ſurprit auprès d'une Pagode qui me parut fort joliment
bâtie ; comme j'étois aſſez embar-
raſſé à ſçavoir ce que je devien-
drois, je réſolus de me coucher
ſur les dégrés de ce Temple, &
ayant voulu m'y arranger, je fus
ſurpris en m'appuyant contre la
porte, de voir qu'elle n'étoit pas
fermée ; j'y entrai ſans héſiter,
& après l'avoir examiné à la lueur
de trois lampes qui étoient devant
la Statue de (a) Ram, pour qui

(a) Voyez toute l'Hiſtoire de Ram dans
le Chapitre 5. du 3. Livre du Voyage des Indes de Tavernier, tome 4. fol. 114.

ces Idolâtres ont la plus grande
vénération. Comme j'avois extrêmement befoin de repos , je
crus que je ne pouvois le goûter
plus tranquillement que dans ce
lieu. Je réfolus donc d'y paffer
la nuit , & pour cet effet , ayant
été fermer la porte que j'avois
trouvée ouverte , je ne vis point
de place qui me convînt mieux
pour dormir , que derriere la
Statue Gigantefque de ce faux
Dieu ; & je commençois à y
goûter un doux fommeil , lorfque
du bruit que j'entendis affez près
de moi , me rendit attentif. Je
vis le marchepied qui conduifoit
à une efpéce d'Autel qui étoit
aux pieds de la Statue , fe lever;
j'apperçus alors deux Bramins (a)
fortir de deffous ce marchepied ,
& l'un d'eux adreffant la parole à

_____

(a) *Les Bramins* font les Prêtres des Gentils
ou des Idolâtres des Indes;

l'autre : Frere, lui dit-il, j'attends
ici ce soir un friand morceau, c'eſt
une fille de quatorze ans au plus,
mais plus belle que tout ce que la
Nature a jamais produit ; elle
s'appelle Asfer, & doit le jour à
un gros Négociant de ce Bourg.
J'en ſuis devenu ſi éperdument
amoureux, que je n'ai pas trouvé
de moyen plus prompt pour con-
tenter ma paſſion, que de faire
ſçavoir à ſon pere qu'elle avoit eu
le bonheur de plaire à notre grand
Dieu Ram, qu'il ſouhaitoit qu'-
elle lui fût conduite ce ſoir dans
ce Temple, pour être ſa femme,
& que s'il étoit content d'elle, il
vouloit qu'elle lui fût amenée
pendant huit jours de ſuite. Le
bon homme de pere, qui s'appelle
Nahou, s'eſt trouvé fort honoré
du choix de Ram, & je compte
que dans une demi heure au plus
tard, il amenera ici lui-même la
charmante Asfer ; c'eſt pourquoi

je vais prendre fans différer les
habillemens qui nous fervent en
pareille occafion.

Oh ! ma foi, répondit l'autre
Bramin, tu as raifon de dire qu'-
Asfer eft une fille parfaite : il y a
long-tems que j'en fuis amoureux
aufli, & je t'aurois prévenu fi je
ne l'avois pas cru trop jeune ; elle
eft à toi, puifque c'eft ton rang,
mais du moins quand tu ne t'en
foucieras plus, je te prie de me
la ceder. Très-volontiers, reprit
le premier Bramin, quand j'aurai
fait ma huitaine, j'en demanderai
encore une autre, & ce fera pour
toi ; aide-moi feulement à m'ha-
biller en Dieu, dont je vais faire
le perfonnage, & fois perfuadé
que je m'en acquitterai bien.

Après que cet infâme fut revêtu
d'habits pareils à ceux dont la fta-
tue de Ram étoit ornée, il alla
doucement ouvrir la porte de la
Pagode, qu'il laiffa pouffée tout

contre, il rentra enfuite avec fon camarade dans la trappe, & attendit, à ce que je m'imagine, avec impatience l'arrivée de cette malheureufe victime de l'aveugle crédulité des Gentils.

Asfer arriva enfin conduite par fon pere; il pouffa la porte, & étant entré dans la Pagode : Ma chere fille, lui dit-il, louez notre Dieu Ram de vouloir bien fe communiquer à vous ; c'eft un honneur qu'il répand fur ma famille qui va redoubler nos refpects pour lui, & qui nous attirera ceux de tout le Bourg. Après cette petite exhortation, Nahou fortit du Temple, retira la porte qui fe ferma fur lui, & laiffa fa fille en proye aux défirs du digne Miniftre d'un tel Dieu.

Asfer pénétrée de l'acte de Religion qu'elle alloit faire, fe profterna alors, fuivant fes inftructions, le vifage contre terre;

& pendant que cette innocente
créature adreſſoit de ferventes
prieres à Ram : O Ciel ! me dis-
je en moi-même, comment ſouf-
frez-vous que des ſcélerats abu-
ſent ainſi un peuple crédule, &
deshonorent leurs femmes &
leurs filles ? Grand Mahomet,
puiſſant Envoyé de Dieu ! vous
qui ne devez regarder ces infa-
mies qu'avec une horreur extrême, que ne faites-vous lancer
la foudre ſur ces impies ? Ah !
puiſſai-je aux dépens de ma vie,
contribuer à détruire une Secte
auſſi abominable.

LXXVII. SOIRE'E.

Suite de l'Histoire d'Abderaïm,
racontée par lui-même.

A Peine-eus-je achevé cette espece de priere, que je me sentis animé d'un saint transport, & que je fus sans doute inspiré de l'esprit de notre divin Prophete ; j'attendis que le fourbe de Bramin fût sorti de son soûterrain , qu'il eût relevé de terre l'innocente Asfer ; qu'il lui eût fait connoître sa passion ; & lorsque cette simple créature éblouie par la figure brillante de l'imposteur, se disposoit avec respect à recevoir ses caresses, je sortis de l'endroit où j'étois caché , & mettant le sabre à la main ; j'abbatis le Bramin sans vie à mes pieds.

Asfer en ce moment, fut fi étonnée, qu'elle fe laiffa tomber fur un petit lit, fur lequel elle devoit paffer la nuit avec ce fourbe, mais la prenant par la main : Belle Asfer, lui dis-je, ne crains rien, tu vois en moi l'Ami de Dieu & fon Envoyé ; en un mot, je fuis Mahomet, qui las des abominations de ces impies, ai réfolu de détruire leur Temple, leur Idole & leur Religion ; je lui montrai alors le paffage pour aller au fouterrain ; je lui fis connoître l'impofture de ces miferables, & que loin que Ram fût un Dieu puiffant, comme on le leur faifoit accroire, ce n'étoit qu'une vaine idole, faite par la main des hommes, & que leur aveuglement portoit enfuite à l'adorer. Je t'ai fauvé l'honneur, lui dis-je ; je vais te reconduire à ton pere ; dis-lui de ma part, qu'avant que le jour paroiffe, il affemble tous ceux de fa Secte, qu'il vienne avec eux dans le Temple, voir le Dieu auquel il te facrifioit; ordonne-lui de ma part de maffacrer ces infâmes Miniftres de Ram, fans aucune pitié, & affure-le que fi tous les Gentils de ce Bourg ne reconnoiffent pas dans ce jour un feul Dieu, & Mahomet pour fon Envoyé, je ferai pleuvoir fur eux le feu du Ciel, qui les réduira tous en cendre.

J'étois en ce moment animé d'un fi faint zele, pourfuivit Abderaïm, qu'il y a apparence que je parus être à Asfer, quelque chofe de plus qu'un homme ordinaire. Perfuadée de ce que je lui difois, elle fit entre mes mains abjuration de fon idolâtrie; & fortant avec elle du Temple fans en refermer la porte, je la conduifis chez elle, à travers les éclairs & le tonnerre, que cette fimple fille prenoit pour l'effet de mes

menaces

menaces ; & que le Prophete, qui
fans doute m'avoit infpiré ce langage, avoit en ce moment obtenu
du Ciel, pour confirmer ce que je
venois d'avancer en faveur de
notre Religion.

Quand nous fûmes à la porte
d'Asfer, dont heùreufement la
maifon faifoit le coin d'une rue,
j'y heurtai de toutes mes forces,
& quand je crus m'appercevoir
qu'on fe mettoit en mouvement
pour venir ouvrir, je profitai de
l'obfcürité qui regnoit dans les
intervales qu'il n'éclairoit pas ; &
je me coulai dans la rùe prochaine, de forte que cette belle fille
ne me trouvant plus à côté d'elle,
lorfqu'on lui vint ouvrir la porte,
ne douta point que je n'euffe dif-
paru au moment qu'elle n'avoit
plus befoin de mon fecours.

Il y a apparence qu'Asfer s'ac-
quitta parfaitement des ordres
que je lui avois donné, & qu'elle

n'eut pas de peine à perfuader fon
pere de l'impofture des Bramins ;
car ayant fur l'heure affemblé tous
les Gentils qui demeuroient dans
ce Bourg, & s'étant tranfporté
dans le Temple, ils ne furent pas
plutôt convaincus par la mort du
faux Dieu qu'ils reconnurent parfaitement, de la débauche de leurs
Prêtres, & de l'abus que ces fce-
lerats faifoient de leur ridicule
Religion, qu'y renonçant tous
d'un confentement unanime, ils
envoyerent en diligence chercher
le Cady d'Agra, dont leur Bourg
n'étoit éloigné que d'une demie
lieue, le firent inftruire de l'avanture d'Asfer, & le prierent de fe
tranfporter, fans differer, dans
leur Temple. Cela fut éxécuté fi
promptement & avec tant de fecret, que tous les Bramins étoient
encore dans un profond fommeil,
lorfque le Cady & fes Archers en
entrant dans leur Cloître par le

fouterrain, les arrêterent. Ils furent
conduits à Agra chargés de chaînes, & le lendemain ayant avoué
dans les tourmens leur impofture
& leur débauche, ils furent brûlés
vifs dans la Place publique ; leur
Temple & leur demeure furent
détruits jufqu'aux fondemens ,
leur Idole fut brifée en mille morceaux ; & tous les Gentils du
Bourg , ainfi que ceux d'Agra ,
fans en excepter un feul, firent
profeffion de la Religion de notre
Prophete, & ce jour fut marqué
comme un des plus illuftres &
des plus venerables, par rapport
à un évenement auffi furprenant.

Je n'avois garde , comme l'on
peut croire , de faire connoître
la part que j'avois dans cette avanture; fatisfait de la rufe dont je
m'étois fervi , pour étendre la
Religion de notre faint Prophete,
je m'en applaudiffois en fecret ;
& il y avoit trois jours que j'étois

A a ij

à Agra, dans le Karavanserail de cette Ville, lorsqu'une nuit que j'y reposois profondément, je crus voir en rêve l'Envoyé de Dieu. Abderaïm, me dit-il, je suis content de toi, tu as éxécuté de point en point mes intentions ; le Temple des Gentils est détruit, leur Religion est abolie, celle de Dieu est exaltée, & tout cela s'est fait par ton moyen ; je prétends te récompenser d'une si grande action ; mais comme je ne puis m'opposer à ce qui est écrit sur l'*Hommal Ketab* (*a*), & que tu ne peux rejoindre de long-tems d'ici ta femme & ton fils, je veux pendant ce tems charmer tes ennuis ; & pour cet effet, je vais moi-même te conduire dans un lieu de délices, où par anticipation, tu verras les plaisirs reservés aux vrais Croyans.

_____

(*a*) La Table de Lumiere.

LXXVIII. SOIRE'E.

*Suite de l'Histoire d'Abderaïm,
racontée par lui-même.*

LE Prophete alors m'ayant enlevé par le toupet de cheveux que nous portons fur la tête, il me tranfporta en moins d'un clin d'œil, devant un Dôme fabriqué de perles blanches, dont la porte étoit d'émeraudes, & la ferrure d'or, & cet Edifice étoit d'une grandeur fi extraordinaire, que l'Envoyé de Dieu m'affura que quand même tous les hommes & tous les Anges feroient réunis enfemble au-deffus de ce Dôme, ils ne paroîtroient à nos yeux que comme quelques petits oifeaux fur la branche d'un grand Arbre : alors m'ayant pofé à terre : prononce avec moi, me dit-il, ces

paroles myſterieuſes, *Biſmilla* (a)
Irrahman Irrahim.

Je n'eûs pas plutôt obéi au
Prophete, avec un profond reſpect, pourſuivit Abderaïm, que
la porte s'ouvrit ; j'entrai alors
ſous un pavillon dont la beauté &
le brillant des pierres précieuſes,
m'éblouirent à un point que je
demeurai pendant un tems très-
conſiderable dans une eſpece
d'extaſe.

Quand je fus un peu revenu à
moi, je ne vis plus le Prophete,
mais j'apperçus à mes côtés un
Ange qui me parla ainſi. Oh !
homme heureux, puiſque tu es
ami de l'Envoyé de Dieu, j'ai
charge de te faire voir toutes les
raretés de ce lieu ; regarde ſous
ce riche Pavillon, la ſource de
ces quatre Fleuves dont le pre-

_____

(*a*) Au nom de Dieu clement & miſeri-
cordieux.

mier eſt d'eau claire, le ſecond
de lait, le troiſiéme de vin, & le
dernier de miel. Sçache que quiconque prononcera d'un cœur
pur les ſaintes paroles qui t'ont
ouvert la porte du Dôme, il boira
de la douce & agréable liqueur
de ces quatre Fleuves, qui pro-
duira ſur lui des merveilles ſi extraordinaires qu'elles paroiſſent
incroyables à ceux qui ne pro-
feſſent pas la loi diƈtée par Gabriël
au Prophete de Dieu ; mais puiſque tu as contribué à la faire connoître aux Gentils que tu as tiré
de l'erreur & du précipice où ils
étoient plongés , je vais te faire
voir une partie de ces merveilles:
avance dans ce jardin délicieux,
examine ce grand Arbre qui ſe
nomme *Touba* , ſa racine eſt de
perles, ſes branches d'émeraudes,
& ſes feüilles de ſoye fine ; il
pouſſe juſqu'à ſoixante & dix mille
branches, dont chaque bout tou-

che l'Arcade qui soutient le Trône du grand Dieu que nous ado-
rons, de sorte qu'il ne se trouve
aucune fenêtre, pavillon ou dôme, dans le Paradis, qui ne reçoi-
ve son ombrage de quelque branche de cet Arbre, & tous ceux
qui habitent sous ces bâtimens magnifiques & précieux, en peuvent
facilement cueillir le fruit, & en
prendre à leur goût autant qu'ils
en souhaitent.

Vois-tu, poursuivit l'Ange, cet
autre Arbre à l'extrêmité des
branches duquel pendent une
infinité de vestes brochées d'or,
& au-dessous des Chevaux aîlés
portant sur leur dos des selles
d'or ornées de perles & de rubis.
Les grands, les petits Prophetes,
& les bien-aimés de Dieu, se servent de cette magnifique monture
pour voler dans le Paradis, le
parcourir & en admirer les richesses surprenantes, & lorsque
ceux

ceux qui se trouvent presens à ce
spectacle si surprenant disent à
Dieu : Seigneur par quel privilege ces esclaves ont-ils obtenu de
toi cette riche & avantageuse
monture ? C'est , leur répond le
grand Dieu, parce qu'étant vivans,
ils faisoient l'oraison & veilloient
pendant que vous dormiez ; c'est parce
qu'ils alloient combattre contre les
Infidelles pendant que vous restiez
tranquilles & de repos dans vos
maisons ; c'est parce qu'ils jeunoient
pendant que vous faisiez bonne chere,
& que vous étiez mollement assis sur
vos sosfas , buvant le Caffé avec vos
amis ; c'est parce qu'ils distribuoient
des aumônes considerables aux pau-
vres & aux Sçavans , pendant que
vous les rebutiez, & que vous vous
montriez reservés à leur égard.

Comme tu as fidelement exécuté ces points essentiels de la
religion du Prophete , continua
cet Ange , & que tu as étendu sa

Tome III.   B b

loi fur les Gentils , il t'eft permis
de te fervir d'une de ces montures.
Alors deux Chevaux aîlés s'étant
détachés de l'Arbre , ils fe vinrent
pofer à nos pieds ; nous montâ-
mes deffus , & nous parcourûmes
tout ce faint lieu avec une vîteffe
incomprehenfible , fans que tous
les objets raviffans qui fe préfen-
toient à mes yeux , en fuffent vûs
moins diftinctement.

Il eft impoffible , illuftres Perifes, pourfuivit Abderaïm, de vous
raconter en détail toutes (a) les
merveilles que je vis dans ce
bienheureux féjour ; mais ce qui
me frappa le plus , ce fut une de

_____

(a) Une relation du Paradis de Mahomet
auffi exacte , auffi ridicule , & auffi remplie
d'extravagances fe trouve écrite & imprimée
dans la Religion ou Théologie des Turcs par
Echialle Mufti , 2 *Partie depuis le folio* 88,
jufqu'au 108. Il eft difficile de concevoir
comment des gens fenfés peuvent ajouter foi
à de pareilles puerilités , dont le détail eft
encore infiniment plus circonftancié dans ce
Livre.

ces belles filles à fourcils noirs, qui fortit de fon Pavillon au moment que nous paffions devant elle. Elle portoit fes mains fur fon front pour fe faire quelqu'ombre au milieu de la clarté dont elle étoit environnée, & pour pouvoir nous regarder plus fixement.

Elle ne m'eut pas plutôt apperçu avec mon conducteur, qu'elle fe prit à rire ; & montrant fes dents, il en fortit une lueur fi extraordinaire qu'elle répandit une lumiere furprenante dans tout le Paradis.

L'Ange furpris à l'afpect de cette beauté qui brilloit avec tant d'éclat, pencha la tête contre terre pour lui faire plus d'honneur ; mais cette fille lui ayant dit : *Oh ! Dépofitaire des Secrets du grand Dieu, leve la tête & me regarde.* L'Ange obéit, fe releva, l'envifagea fixement, & lui répondit : *Je fuis de ceux qui crient*

sans cesse le grand Dieu est purifi-
cateur. Je te connois bien, reprit
cette fille, *mais toi pourrois-tu bien*
deviner qui je suis ? L'Ange ayant
témoigné par son silence qu'il
ignoroit son essence : *Je suis*, continua-t'elle, *une de ces belles filles*
que Dieu a créé exprès pour remplir
les desirs de ceux qui seront portés
d'inclination à habiter avec moi
dans ce saint lieu.

LXXIX. SOIRE'E.

Suite de l'Histoire d'Abderaïm, racontée par lui-même.

L'Ange, mon conducteur, poursuivit Abderaïm, me fit
voir la source des deux fontaines
purificatoires, qui éteignent la
jalousie, la haine, la trahison, &
les autres défauts ausquels les
hommes sont si sujets, & dont ils

doivent boire avant que d'entrer
dans le Paradis ; il me conduifit
à la citerne de notre Prophete,
dans laquelle tout fidelle croyant,
s'étant plongé & lavé la tête, il en
fortira avec une face plus refplen-
diffante & plus brillante que la
Lune dans fon quatorziéme jour.
J'examinai enfuite avec attention
les fept murailles qui entourent
ce lieu fi venerable , & dont chacune eft fi brillante, qu'elle porte
fa clarté à plus de cinq cent jour-
nées de chemin.

Pendant que je parcourois ainfi
tant de beautés , avec une vîteffe
inconcevable , je voyois fouvent
autour de moi, les bienheureux
Habitans de ce faint lieu ; ils me
paroiffoient frais, jeunes, les yeux
étincellans comme des étoiles ,
& portant de belles mouftaches
vertes pour les diftinguer d'avec
les femmes ; je les vis à table manger des mets & des ragoûts lesplus

exquis, qui n'avoient pas paſſé par le feu ; mais ce qui me ſurprit, c'eſt qu'après qu'ils paroiſſoient raſſa-ſiés, je vis des oiſeaux deſcendre de l'air, dont pluſieurs volant ſur la tête de ces élûs, leur diſoient : *Je ſuis un oiſeau dont les os ſont ſem-blables à ceux d'un Chameau, qui aibû de l'eau pure des fontaines de Salſebil, & Kiafour, qui enſuite me ſuïs repu des herbes odoriférantes qui croiſſent dans le Paradis.* Alors les Bienheu-reux ne paroiſſoient pas plutôt ſou-haiter de goûter de ces oiſeaux, qui tomboient (*a*) tous rôtis & accommodés ſur la table, ſelon le goût de ceux qui les man-geoient ; & enſuite par le plus grand des prodiges, ils reſſuſci-toient dans le moment, & s'en-voloient.

(*a*) Voilà ce qui s'appelle un veritable pays de Cocagne. Voyez Echialle Muſti, Partie 2. folio 108.

L'Ange voyant ma surprise : ne t'étonne pas, me dit-il, de ce que tu vois; cet Oiseau que l'on a beau manger, & dont la chair ne diminue point, est l'image sensible de l'Alcoran, dont chacun peut tirer profit, qu'on a beau lire sans qu'on en perde le goût, & sans que la force des paroles en soit énervée. Alors nous étant retrouvés sous le même Dôme d'où nous étions partis, nous quittâmes nos chevaux qui retournerent à leurs postes ; l'Ange disparut, & je retrouvai le Prophete, aux pieds duquel m'étant prosterné, pour le remercier d'une grace qu'il accordoit à peu de mortels ; je vais te reporter sur la terre, me dit-il, tu y trouveras un de mes favoris, qui t'y donnera tous les secours dont tu auras besoin ; mais combien crois-tu avoir été de tems dans ce séjour de délices ? Oh ! saint Envoyé de Dieu, répondis-je, ai-

je paſſé plus de ſept minutes dans
ce lieu vénérable ? Tu y as été
ſept ans & plus , me dit-il ; voilà
comme les heures s'écoulent dans
la demeure éternelle de ceux qui
ſeront dociles à mes commande-
mens.

Inſtruis mes fideles ſerviteurs
d'un ſi grand évenement ; malheur à ceux qui n'ajoûteront pas
foi à tes diſcours ; alors me prenant par mon toupet de cheveux ,
le Prophete me tranſporta ſur les
pas d'une Moſquée, où il me laiſſa
endormi ; j'aurois pris tout ce que
je viens de vous dire pour un rêve , ſi me ſouvenant parfaitement
que j'étois couché dans le Kara-
venſerail d'Agra , je ne m'étois
pas retrouvé à mon réveil ſur les
pas d'une Moſquée , que j'appris
être celle de Tangut ; & que nous
étions plus avancés de ſept ans
dans le ſiécle , que quand je m'é-
tois endormi.

Mon premier foin fut d'entrer dans la Mofquée, pour y remercier le Prophete des graces qu'il venoit de répandre fur ma perfonne ; & après la priere, ayant reçû de l'Iman la permiffion de parler au peuple, je lui rapportai avec une éloquence que le Prophete m'avoit, fans doutè, communiquée, le voyage que je venois de faire dans fon Paradis. Quoique je leur racontaffe des chofes affez difficiles à croire, aucun ne parut incrédule à ce récit ; au contraire, je fus regardé de tous les Auditeurs avec une extrême vénération, & le Sultan de Tangut ayant été informé de ce que je venois de rapporter au peuple, envoya chez l'Iman qui m'avoit emmené dans fa maifon, me prier de me rendre à fon Palais.

Je trouvai à fa porte un cheval magnifique, dont la felle étoit

couverte d'étoffe d'or, & la bride brodée en perles, & couverte
d'émeraudes ; je montai deſſus,
& quatre Imans, dont celui qui
m'avoit reçû étoit du nombre,
m'ayant eſcortés, je fus accompagné dans cette route de tout
le peuple qui me combloit de bé-
nédictions. Arrivé au Palais, j'y
fus reçu avec beaucoup de reſpect
par les Officiers du Sultan, auprès duquel étant parvenu, je
voulus me proſterner à ſes pieds;
il m'en empêcha, & m'embraſſant avec beaucoup de bonté, il
me fit connoître que je lui ferois
plaiſir de lui raconter l'hiſtoire de
ma vie : je le fis ſans me faire
prier, & m'étendant beaucoup
ſur les merveilles que j'avois vûes
dans le Paradis de notre ſaint
Prophete, je le touchai tellement par ce récit, que je vis
ſes larmes couler en abondance.
Oh! ſaint homme, & ami de l'ami

de Dieu, me dit-il, que tu es
heureux d'avoir vû de ton vivant
des chofes auffi merveilleufes !
Quelqu'incroyables qu'elles pa-
roiffent être, je fuis bien perfuadé qu'elles font véritables ; & je
te conjure de vouloir bien édifier
par un récit auffi faint une de mes
Sultanes, qui ne me paroît pas
bien convaincue de la vérité de
notre Religion : je puis fans crainte expofer à fes regards un mor-
tel, qui a vû les beautés incomparables des Houris.

Eh ! Seigneur, repris-je, cette
vûe,quoiqu'au-deffus de toute expreffion, ne m'a point fait oublier
la Princeffe de Carizme ; & plus
le moment auquel je dois la retrouver approche, plus j'ai d'impatience de rejoindre une époufe
que j'adore : Je rifquerai donc
encore moins de te faire voir la
Sultane dont je t'ai parlé, me
dit-il, puifque le cœur rempli

d'une paſſion violente, ſa beauté telle qu'elle puiſſe être, ne fera aucune impreſſion ſur tes ſens; je puis cependant t'aſſurer qu'elle eſt preſque comparable à ces belles filles aux ſourcils noirs, que tu as vûes dans ton voyage myſtérieux.

Et bien, Seigneur, dis-je alors, puiſque vous le ſouhaitez, je verrai donc cette Sultane; mais je vous jure par la pierre (a) blanche qu'Adam apporta du Paradis, & qui tomba en héritage à Ibrahim, Iſmael & ſes deſcendans, que ſa beauté, quelque touchante qu'elle puiſſe être, n'alterera pas dans mon cœur l'amour violent que je reſſens pour Zarat-Alriadh. Et moi, me dit alors le Sultan,

_____

(a) C'eſt la pierre noire que l'on voit à la Mecque, & laquelle de blanche qu'elle étoit, à ce que diſent les Sectateurs de Mahomet, devint noire par l'attouchement d'une femme qui étoit dans l'état de la ſouillure légale.

j'ai tant de vénération pour un homme, tel qu'eſt Abderaïm, que quelque chere que me ſoit la Sultane, s'il ſe trouvoit touché de ſes attraits, je lui promets ſur ma tête, que je la lui cederai dans le moment même.

A ces mots, le Sultan m'ayant pris par la main, & m'ayant conduit dans l'intérieur de ſon Palais, nous entrâmes dans un ſalon ſuperbe, où le premier objet qui me frappa la vûe, fut la Princeſſe de Carizme, dont j'étois ſéparé depuis ſi long-tems. Je fus en ce moment ſi émû à cette vûe ineſperée, & ſi affligé en même-tems de penſer que cette Princeſſe étoit l'épouſe du Sultan, que pénétré de la douleur la plus vive, je me laiſſai aller ſans connoiſſance ſur un ſopha, qui ſe trouva proche de moi.

LXXX. SOIRE'E.

Fin de l'Histoire d'Abderaïm, racontée par lui-même.

CE ne fut qu'après plus d'une demie heure, que je revins à moi ; je me trouvai alors avec surprise entre les bras de Zarat-Alriadh, & comme j'avois les yeux noyés de larmes, & qu'une pâleur mortelle paroissoit sur mon visage, le Sultan de Tangut, qui vit bien que ses discours m'a-voient réduit en cet état, m'em-brassa tendrement : rassurez-vous, me dit-il, mon cher Abderaïm, la Princesse de Carizme n'est pas du nombre de mes femmes ; la Sultane à qui elle doit le jour étoit ma sœur, & ce n'est point sans mystere qu'elle se trouve au-jourd'hui dans mon Sérail.

A une nouvelle si peu atten-

due, je paſſai de la mort à la vie,
& le Sultan m'ayant laiſſé ſeul
avec elle, je lui racontai les avantures qui m'étoient arrivées depuis le moment de notre cruelle
ſéparation ; elle en fut très-étonnée, & l'ayant à mon tour priée
de me faire le récit de ce qu'elle
étoit devenue depuis ce triſte
moment, voici de quelle maniere elle me parla.

HISTOIRE

De la Princeſſe Zarat-Alriadh;
racontée par Abderaïm.

VOus pouvez croire, mon
cher Abderaïm, me dit la
Princeſſe, quelle douleur je reſſentis quand je ne vous vis point
revenir avec Mouïad le ſoir que
vous fûtes vendus l'un & l'autre
par le perfide Capitaine : il feignit

de vous faire chercher avec beaucoup de foin, & n'ayant point de
vos nouvelles, il me dit qu'il falloit que vous vous fuſſiez écartés
du bord de la mer, & que vous
euſſiez été dévorés par les tigres,
qui étoient aſſez communs dans
ces quartiers. Comme cela ne me
paroiſſoit que trop vraiſemblable,
mon déſeſpoir redoubla à un point
que je réſolus de me laiſſer mourir.

Je fus trois jours ſans boire ni
manger, quelque priere que me
fît ce ſcélerat; & comme il ſouhaitoit que je rentraſſe dans le
vaiſſeau, il uſa d'une ruſe qui lui
réuſſit : Madame, me dit-il, votre époux ni votre fils ne ſont pas
morts, je viens d'apprendre d'un
habitant de cette Iſle, que le
dernier vaiſſeau qui eſt parti de ce
Port les a enlevé; le Capitaine
qui y commande eſt ſujet à faire
de pareils tours; je ſçais qu'il ne
ſe

fe pique pas d'une exacte probité;
mon vaiffeau eft meilleur voilier
que le fien, il eft prêt à partir,
je me flatte de le joindre avant
qu'il foit entré dans aucun Port,
& de les lui enlever, & je verfe-
rai jufqu'à la derniere goute de
mon fang, plutôt que de fouffrir
qu'il m'ait fait impunément un
affront auffi fanglant.

Séduite par des difcours où il
y avoit une apparence de bonne
foi, & par l'efpérance de vous
retrouver, je pris quelque nour-
riture; j'entrai dans fon vaiffeau,
& nous quittâmes auffi-tôt le
Port; mais à peine fûmes-nous
en pleine Mer, que le Capitaine
entrant dans fa chambre qu'il
m'avoit cedée; ce que je vous
ai dit de l'enlevement de votre
époux & de votre fils, eft pure-
ment imaginé, me dit-il; ils
ont été réellement la proye des
tigres; mais, Madame, je n'ai

pas cru devoir vous abandonner
à votre douleur ; j'en ai été d'autant plus touché , que je vous
aime avec toute la paſſion imaginable , & il ne tiendra qu'à vous
de réparer la perte que vous avez
faite, en m'acceptant pour époux.

Je fus ſi ſurpriſe du compliment , & de la propoſition du
Capitaine , que j'en reſtai immo-
bile , enſuite faiſant refléxion ſur
ſa conduite : Ah ! ſcélerat , m'é-
criai-je , je vois bien que tu as
diſpoſé de la vie ou de la liberté
de mon époux & de mon fils ;
tu les as regardé comme des obſtacles invincibles à tes infâmes
deſirs ; mais ne crois pas en être
plus avancé auprès de moi , &
ſçache que je préférerai toujours
la mort la plus cruelle à l'horreur
d'être ſoumiſe à tes volontés.

Ce Capitaine qui étoit un homme extrêmement violent , ne put
s'entendre traiter ainſi ſans frémir

de rage. Je te donne une heure
pour faire tes refléxions fur l'a-
vantage que je t'offre, me dit-il
avec des yeux étincelans de fureur; paffé ce tems, crains les
effets de ma jufte colere & de
mon reffentiment. Mon amour
irrité n'aura plus pour toi aucune
confidération.

Le Capitaine me quitta enfuite,
& me laiffa dans la plus cruelle
fituation où je puffe me trouver;
j'employai prefque tout le tems
que ce perfide m'avoit donné à
verfer un torrent de larmes, & le
moment auquel il devoit revenir
étoit prêt d'expirer, lorfqu'après
avoir invoqué de tout mon cœur
le faint Prophete, je me fentis
tout d'un coup fortifiée contre les
entreprifes du Capitaine, & mon
courage augmentant de moment
en moment, je cherchai dans fes
coffres qu'il avoit laiffé ouverts,
pour voir s'il n'y auroit pas quel-

que poignard. J'y trouvai un fabre , dont m'étant faifie , j'attendis ce miferable avec un ferme
deffein de lui ôter la vie , & je
me mis derriere la porte de cette
chambre qu'il avoit barricadée
par dehors. Il ne manqua pas à fa
parole , & à peine l'heure qu'il
m'avoit donnée fut-elle paffée ,
que fe préfentant dans la chambre , je lui abbattis la tête d'un
coup de fabre ; alors la prenant
par le toupet je fortis fur le tillac ,
& m'adreffant aux Officiers fu-
balternes : Voilà , leur dis-je , la
tête de votre infâme Capitaine ;
c'eft ainfi que je fçai traiter un
fcélerat, qui après avoir fait affaf-
finer ou vendre comme efclaves
mon époux & mon fils , vouloit
encore attenter à l'honneur de la
Princeffe de Carizme.

LXXXI. SOIRE'E.

Suite de l'Histoire de Zarat-Alriadh,
racontée par Abderaïm.

Apparemment que le Capitaine n'étoit pas fort aimé dans le vaisseau ; car je ne vis personne fâché de l'action que je venois de faire ; au contraire celui qui naturellement devoit lui succeder ayant pris la parole : Madame , me dit-il , il n'y a personne sur ce bord qui ne soit très-disposé à vous rendre tous les respects qui sont dûs à votre sexe & à votre rang ; si les intentions du Capitaine nous avoient été connues , vous devez être bien persuadée , quelqu'autorité qu'il eût dans ce vaisseau , & quoique la meilleure partie de la carguaison lui appartînt , qu'il n'auroit pas été le maî-

tre de votre deftinée, & pour
vous faire connoître les difpofitions où nous fommes à votre
égard, trouvez bon que nous ne
recevions pas d'autres ordres que
de vous.

Avant que je puffe répondre à
un compliment auffi poli, & auquel je ne m'attendois pas, tout
l'équipage marqua par de grands
cris de joie, qu'il approuvoit la
propofition de cet Officier, &
chacun étant venu me rendre
alors fes hommages, je ne crus
pas devoir refufer l'honneur que
l'on me faifoit ; vous pouvez juger, mon cher Abderaïm, continua la Princeffe, & de ma joie,
& de l'embarras où j'étois ; j'af-
femblai fur le champ le Confeil,
& les ayant prié de fe choifir parmi eux une perfonne qui fût en
état de gouverner le vaiffeau,
j'appris avec beaucoup de plaifir
qu'ils avoient élû celui qui m'a-

voit porté la parole comme le plus capable.

Le nouveau Capitaine ne fut pas plûtôt revêtu de cette dignité, qu'ayant fur le champ fait couper en quatre quartiers le cadavre de celui auquel il venoit de fucceder, il le fit jetter à la Mer, & m'ayant enfuite demandé de quel côté je fouhaitois qu'ils fiffent route, je lui fis entendre que je ne ferois pas fâchée que nous puffions reprendre celle du Port le plus prochain de Carizme. On éxécuta mes volontés, nous voguâmes pendant environ deux mois, avec un tems des plus favorable; mais ayant été obligés de relâcher à un Port connu de nos Matelots pour y prendre quelques provifions, il nous y arriva une fcéne affez plaifante.

Le Capitaine de notre vaiffeau ayant réfolu d'acheter quelques efclaves dont on faifoit commerce en cet endroit, deux Habitans du lieu, l'un nommé (a) Okilan, & l'autre Ildirim, tous deux très-mauvais sujets, avoient conçû l'un contre l'autre une haine mortelle, & elle alla si loin qu'ils résolurent de s'enlever leurs femmes, & de les vendre au Commandant de notre vaisseau ; ce qu'ils exécuterent presqu'en même-tems. Okilan ayant forcé de nuit la maison d'Ildirim, il s'empara de sa femme, & l'ayant menacée de la poignarder si elle se faisoit connoître pour être de condition libre, il l'amena sur notre bord, & la présenta au Capitaine, à qui il la fit cent piéces d'or : celui-ci surpris qu'on lui demandât une somme aussi considérable, ayant dit à Okilan que cette esclave étoit d'un prix trop excessif,

_____

(a) *Okilan* signifie serpent volant.
Ildirim, le foudre.

&

& qu'il venoit d'en faire emplette
d'une plus jeune & plus jolie qui
lui avoit coûté la moitié moins :
cela est impossible, reprit ce scélerat, nos Habitans connoissent
trop le prix des belles femmes,
pour t'en avoir donné à si bon
marché une telle que tu me la
dépeins, & si cela est véritable,
je t'accorde celle-ci pour le même prix. Il est aisé de te convaincre de ce que je viens de te dire,
repliqua le Capitaine; alors s'étant
fait amener l'esclave en question,
& qu'il venoit d'acheter il n'y
avoit pas une demi heure, Okilan fut dans une surprise & dans
une fureur inconcevable de reconnoître sa femme dans cette
esclave, & d'apprendre que c'é-
toit Ildirim qui l'avoit vendue :
quelqu'occupé qu'il fût de sa douleur, il songea moins à la retirer
des mains du Capitaine, qu'à le
presser de prendre la femme de

Tome III.　　　　　　D d

son ennemi pour tel prix qu'il en voulût donner, afin que ces deux femmes ayant été à la discretion du Capitaine, ce ne fût pas pour lui seul, parmi ses Compatriotes, un sujet perpetuel de honte & de raillerie.

Pendant que cette scéne si singuliere se passoit sur notre vaisseau, Ildirim comblé de joie de s'être vengé de son ennemi par l'endroit le plus sensible & le plus délicat, étoit à peine rentré chez lui, qu'apprenant avec la douleur la plus vive que pendant qu'il étoit allé chez Okilan, sa maison avoit été forcée, & sa femme enlevée, il ne douta point que son ennemi capital ne fût l'auteur de cette violence, & courant promptement à sa chaloupe, il aborda notre vaisseau au moment qu'Ildirim proposoit au Capitaine de lui revendre sa femme; ces deux hommes à la vûe l'un de l'autre, furent

en ce moment faifis d'une telle
rage, que fans confulter que leur
fureur, ils fe faifirent au corps, fe
précipiterent dans la mer, & fuivant les apparences, aucun des
deux n'ayant voulu quitter fon
ennemi qu'il ne l'eut étouffé ou
noyé, ils périrent fous les flots,
puifque quelque diligence qu'on
pût faire, pour les fecourir, il fut
impoffible de les réchapper.

Informée de cette avanture fi
extraordinaire, je fis venir devant
moi ces deux femmes, & j'en-
voyai chercher le Commandant
du Port pour les lui remettre entre
les mains, me chargeant de rem-
bourfer au Capitaine ce qu'il avoit
payé pour elles ; mais elles me
parurent fi mécontentes de leurs
maris, en particulier, & en general fi peu prévenues pour tous les
Habitans de ce lieu, qu'elles le
fupplierent de vouloir bien les
emmener avec moi.

Comme elles n'avoient pas
d'enfans, & que le Commandant
du Port ne s'opposa pas à leur
départ, je les pris volontiers à
mon service, & leur promis d'a-
voir soin de leur fortune quand
nous serions de retour à Carizme.
Nous mîmes à la voile quelques
heures après, & ayant entendu
raconter à une de ces femmes,
que sur un rocher situé sur le bord
de la mer à douze lieuës du lieu
d'où nous partions, il y avoit
un saint Derviche qui vivoit en
solitaire, & qui avoit de grandes
correspondances avec le Ciel,
puisqu'il découvroit les choses les
plus cachées, je résolus d'aller lui
rendre une visite pour sçavoir des
nouvelles de mon cher Abderaïm. J'y allai en effet, continua
la Princesse, & je le trouvai extrêmement malade dans une grande
grotte, située dans le roc au som-
met de la montagne; & l'ayant

abordé : Madame, me dit-il,
avant que je lui adreſſaſſe la parole, vous ſçavez que vous devez
être encore très-long-tems ſépa-
rée de votre époux & de votre fils.
Ces momens ne vous paroîtront
courts que par la maniere dont
vous les paſſerez ; retournez à
votre vaiſſeau, faites preſent à
l'équipage de toute la cargaiſon
dont ils vous ont rendu la maîtreſſe ; diſtribuez tous les diamans
qui vous reſtent entre les Officiers,
& revenez enſuite en ces lieux
avec ces deux femmes ſeulement ;
vous y trouverez tout le ſoulage-
ment poſſible à vos maux.

Je fus tellement étonnée, me
dit alors Zarat-Alriadh, de ce que
me conſeilloit ce ſaint Solitaire,
que je n'héſitai pas à lui obéir. Je
retournai au vaiſſeau, j'éxécutai
ſes ordres, & malgré les obſtacles
que la politeſſe des Officiers
mit à mon deſſein, j'y demeurai

ferme , & je ne voulus point retourner à la grotte du bon Derviche , que je n'euſſe vû le vaiſſeau
bien éloigné de l'endroit où il
avoit abordé.

Je remontai alors avec beaucoup de peine, & cependant avec
une extrême confiance , à la demeure du Vieillard ; mais jugez
de mon étonnement & de ma
douleur de voir qu'il avoit perdu
la parole , & qu'il paroiſſoit être
à l'agonie ; je grimpai ſur le haut
du rocher , pour voir ſi je ne pourrois pas faire quelque ſignal au
vaiſſeau ; il étoit ſi avancé en mer
que je perdis toute eſpérance de
jamais le rejoindre , & que je me
livrai au plus affreux déſeſpoir.

Ces deux femmes qui m'avoient
conſeillé ce voyage , étoient dans
un état difficile à exprimer ; cependant , voyant qu'il n'y avoit
pas de remede à nos maux , je
les exhortai à prendre courage ;

nous retournâmes à la grotte, &
nous y arrivâmes au moment que
le bon Derviche venoit d'expirer.

LXXXII. SOIRE'E.

Suite de l'Histoire de la Princesse
Zarat-Alriadh, racontée par.
Abderaïm.

COmme nous avions pris notre résolution contre cet événement, auquel nous avions lieu
de nous attendre, nous fûmes
moins effrayées qu'embarrassées ;
de ce que nous ferions de ce bon
Vieillard, & nous raisonnions
mes deux femmes & moi, sur la
maniere dont nous lui donnerions
la sepulture, lorsqu'accablées de
fatigue, nous nous endormîmes
profondément. Je ne sçaurois dire
combien dura notre sommeil :
mais il y a apparence que nous

D d iiij

étions bien avancées dans la nuit,
lorſque je crus entendre parler
quelqu'un auprès de moi ; cela me
fit ouvrir les yeux , & j'apperçus
en ce moment la grotte éclairée
par plus de cent lampes de criſtal,
qui produiſoient une lumiere ſi
vive , que j'en fus éblouie ; je ré-
veillai doucement mes deux femmes ; elles furent auſſi ſurpriſes
que moi , d'un ſpectacle auſſi
ſingulier , & notre étonnement
augmenta encore , en voyant entrer dans la grotte ſix jeunes garçons vêtus de blanc , & d'une
beauté inexprimable , qui empor-
terent le corps du Vieillard vers
une fontaine qui étoit à une porte
de la grotte, où après l'avoir lavé
& enveloppé d'un drap , ils le
remirent ſur ſon lit.

Pourquoi , alors dit l'un de ces
beaux garçons, ne mettons-nous
pas en terre ce fidele croyant ?
Nous attendons , reprit un autre,

le digne Neveu du grand Alroamat, c'eſt lui qui doit nous marquer l'endroit où doit être dépoſé
le corps de ce ſaint homme ; il ne
peut pas tarder, puiſqu'il doit ſe
rendre ici vers le milieu de la
nuit. En attendant ſon arrivée ,
prions le Tout-puiſſant qu'il déploye ſa miſéricorde ſur cet illuſtre
Solitaire.

Alors ces jeunes garçons pro-
noncerent pluſieurs chapitres de
notre divin Alcoran , avec un
recueillement dont nous fûmes
édifiées. Il n'y avoit pas une
demie heure qu'ils étoient dans
ce pieux exercice , lorſque le ſage
qu'ils attendoient ayant paru , ils
ſe proſternerent le viſage contre
terre à ſon arrivée.

Le Neveu d'Alroamat dont le
viſage étoit ſi brillant , que nous
n'oſâmes jamais le regarder en face, ayant fait en peu de paroles l'é-
loge du ſaint Solitaire, montra en-

fuite du doigt à fes Miniftres le coin
où nous étions, & leur ordonna de
lever une grande pierre, fur laquelle ils trouveroient gravée une
Sentence de l'Alcoran. Ces jeunes garçons qui ne nous avoient
pas encore apperçus, s'approche-
rent de nous, & fe difpofoient à
éxécuter les ordres du fage, lorfque nous voyant fur cette pierre,
ils témoignerent beaucoup de furprife de nous trouver dans ce lieu.
Eft-ce que trois femmes vous font
peur, leur dit alors le Neveu du
grand Alroamat ? Priez-les de fe
ranger, elles ne font pas en ces
lieux fans myftere ; nous nous le-
vâmes auffi-tôt, & deux de ces
beaux garçons ayant levé la pierre,
les quatre autres fe chargerent du
corps qu'ils porterent, fuivis du
fage, & defcendirent avec eux par
un efcalier qui étoit auffi éclairé
que la grotte. Comme je commençois à me faire à ces merveil-

les, continua Zarat-Alriadh, je
pris mes femmes par la main, &
je fuivis ce convoi ; je vis mettre
le Solitaire dans un tombeau de
marbre blanc, qui étoit au milieu
d'un falon fuperbe ; & à peine
cette cérémonie fut-elle achevée,
que toutes les lumieres s'éteigni-
rent ; & que je n'entendis plus le
moindre bruit.

LXXXIII. SOIRE'E.

*Conclufion de l'Hiftoire de la Prin-
ceffe Zarat-Alriadh, racontée
par Abderaïm.*

CE fut en ce moment que mes
femmes penferent mourir de
frayeur, & je vous avouerai que je
ne fus guéres moins émue ; cependant mettant toute ma confiance
en notre fouverain Prophete, je
le priai de ne me pas abandon-

ner, & je n'eus pas plutôt prononcé trois fois les paroles que la
Fée Mergian-Banou vous avoit
enseignées, que je me trouvai
transportée avec mes femmes
dans un jardin délicieux, où nous
apperçûmes un Météore nouveau,
qui à la place du Soleil, y produisoit une lumiere très-vive ; il
formoit un ovale parfait, d'un
bleu obscur qui étoit tout parse-
mé d'étoiles ; celle du milieu de
beaucoup plus grande que les autres, paroissoit dominer, & le
tout produisoit une lumiere à peu
près pareille à celle de l'Aurore,
lorsque le Soleil est prêt à paroître, mais beaucoup plus éclatan-
te. Nous étions fort surprises d'un
évenement aussi extraordinaire,
lorsque nous vîmes sortir de des-
sous un berceau d'orangers, une
femme d'un air des plus majes-
tueux ; elle nous aborda avec
beaucoup d'affabilité ; & m'em-

braſlant tendrement : Princeſſe de Carizme , me dit-elle , je ſuis Mergian-Banou, qui ai protegé Abderaïm ; je n'ai pû m'oppoſer en ſa faveur & en la vôtre , à ce qui a été reglé par le deſtin ; il m'eſt ſeulement permis d'adoucir vos chagrins ; vous reſterez en ces lieux enchantés , juſqu'à ce que vous puiſſiez rejoindre votre époux ; les jours y ſeront ſi courts, que quelqu'impatience que vous ayiez de revoir tout ce que vous aimez , vous n'aurez pas le tems de vous y ennuyer. En effet , Seigneur, pourſuivit Zarat-Alriadh, j'ai paſſé plus de ſept années dans le Palais de la Fée, qui ne m'ont pas paru ſept ſemaines ; & cette illuſtre Perize a tellement varié mes plaiſirs , ſa converſation eſt ſi charmante & ſi inſtructive, qu'il m'a été impoſſible de ne la pas regretter encore en la quittant. Il y a quatre jours que j'appris d'elle avec étonnement, que le terme auquel je devois vous retrouver alloit expirer ; j'en pensai mourir de joie ; allez, me dit-elle, en m'embraffant, allez rejoindre un époux qui vous adore, je vais dans l'inftant vous faire tranfporter dans le Sérail du Sultan de Tangut votre oncle ; le neveu du célébre Alroamat que vous avez vû dans la grotte du bon Derviche, de concert avec moi, l'a inftruit en rêve de votre arrivée, & de celle d'Abderaïm, qui ne fera pas long-tems fans être conduit dans les mêmes lieux, d'une maniere encore plus extraordinaire. Vous retrouverez bien-tôt après votre fils dans une condition, à la vérité fort indigne de lui ; mais quoiqu'elle foit très - dangereufe, fes mœurs n'y ont point été corrompues.

En effet, illuftres Perizes, pourfuivit Abderaïm, tout s'eft passé comme la Fée l'avoit dit à la Princesse mon épouse, & il n'y avoit guéres que vingt-quatre heures que j'avois retrouvé ma chere Zarat-Alriadh, quand nous promenans l'un & l'autre dans les jardins du Sultan de Tangut, nous nous sommes sentis enlevés par les genies qui obéissent à vos ordres, & nous avons été transportés en moins de deux minutes dans ce superbe Palais, où nous avons enfin retrouvé notre cher Mouïad.

Seigneur, dit alors Cothrob à Abderaïm, je puis vous assurer que nous avons eu tous un extrême plaisir au récit de vos avantures & de celle de la Princesse votre épouse, & que conformément à l'empressement que vous avez l'un & l'aure de revoir le Sultan de Carizme, nous donnerons dans peu les ordres nécessaires pour vous y faire recon-

duire ; mais il eſt tems de nous
retirer, & la journée de demain
doit être remplie d'évenemens ſi
ſinguliers, que je crois que vous
ne ſerez pas fâchés d'en être
ſpectateurs ; je vous invite donc,
ainſi que tous les Princes & Princeſſes qui ſont ici préſens, de
ne pas manquer de vous y rendre. Chacun alors s'étant retiré,
& l'Iman ayant fait mêler de la
décoction de Bueng dans des liqueurs qu'on ſervit à la troupe
des Danſeuſes, & fait mettre
dans la poche de chacune d'elles
& de leurs Directrices deux cens
piéces d'or, on les enleva pendant leur ſommeil, & on les re-
porta tous dans le Karavanſerail
de Cambaye, à l'exception d'Ildiz & de Maſſoud ; car pour
Mouïad il avoit paſſé dans l'appartement d'Abderaïm, & de la
Princeſſe ſa mere, dès le jour de
leur arrivée dans le Palais.

LXXXIV.

LXXXIV. & DERNIERE.
SOIREE.

Conclusions de l'Histoire d'Oguz,
& des cinq Sultanes.

ENfin le lendemain qui étoit
le jour marqué par le Sultan
Oguz, pour l'ouverture de son
Teſtament, étant arrivé, Cothrob
ſe rendit dans le ſalon, ſuivi des
Sultanes d'Acſou, de Schirin & de
Bathal; il y trouva tous les Princes
& Princeſſes ; Ildiz & Maſſoud :
Ecoutez-moi tous , Seigneurs ,
avec attention, leur dit-il, & que
perſonne ne m'interrompe , il eſt
rems que les illuſions ceſſent, vous
n'êtes pas dans le Ginniſtan : comme vous avez pû le croire ; c'eſt
ici le Serail du Sultan de Cambaye,
qui a diſparu de devant les yeux de
ſes Sultanes , & de ſes enfans , il

y a aujourd'hui quatre mois ac-
complis, & s'il s'est passé dans
ces lieux des avantures merveil-
leuses; c'est par le pouvoir que
me donne l'anneau de Salomon
que vous voyez à mon doigt ; aucun de vous ne doit ignorer l'autorité qu'il donne à celui qui le
possede, puisque toute la nature
lui est soumise, & qu'il commande aux élemens & aux peuples
qui les habitent avec autant de
droit qu'en avoit ce Sultan dont
la science & la sagesse étoient
immenses. Oguz qui connoissoit
toute ma capacité, m'a confié
le souverain pouvoir jusqu'à ce
jour ; suivant ses intentions, je le
vais remettre à celui à qui il appartient légitimement; mais avant
cela, il est bon que les Sultanes
dévoilent en ce moment leurs
sentimens.

Les quatre Sultanes se rappellant alors la perte qu'elles avoient

faite du Sultan, ne purent s'empêcher de verfer un torrent de
larmes.

Illuftre Cothrob, dit alors Gehernaz, la mémoire de notre
cher Seigneur & Epoux nous eft
fi précieufe, qu'il n'y en a aucune de nous qui ne donnât tout
fon fang pour le rappeller à la lumiere du jour ; voilà ce que
penfent Geanfouz, Neubahar ,
Schebgeraz & moi ; fi elles ont
peut-être paru moins affligées ,
leur douleur n'en étoit pas moins
forte & moins fincere au fond de
leur cœur ; jugez donc fi dans de
pareilles difpofitions, nous avons
intention de paffer dans les bras
d'un autre homme ? Non , Seigneur, ne nous faites pas l'injure
de nous en croire capables. Nous
avons fait notre poffible pour que
Goulfaba penfât de même que
nous, & qu'elle abandonnât la
paffion qu'elle reffent pour un

homme tout-à-fait indigne d'elle;
il feroit auffi à fouhaiter que le
Prince Bâthal fon fils fût moins
entêté de la jeune Ildiz ; mais nos
remontrances fouvent réiterées ,
n'ont rien operé fur l'un ni fur
l'autre. Goulfaba eft tellement é-
prife des charmes de Maffoud ,
qui fe trouvant très - honoré de
fon choix, ne demande pas mieux
que de lui donner la main , & le
jeune Prince autorifé par l'exemple de fa mere , eft devenu fi
paffionné pour Ildiz, qu'il n'y a
pas moyen de leur faire entendre
aucune raifon, ni de les faire rentrer en eux-mêmes.

Voilà, fage Iman, quels font
nos véritables fentimens ; & comme par toutes les merveilles que
nous avons vûes operées par votre moyen , nous fommes parfaitement convaincues que vous
êtes très-puiffant auprès de notre
Prophete, nous vous fupplions

d'obtenir de lui qu'il nous tire
de ce monde ; depuis la perte
de notre augufte époux, nous y
avons trouvé trop d'amertume,
pour fouhaiter d'y faire un plus
long féjour. Je me garderai bien,
fages Sultanes, reprit Cothrob,
de lui demander une pareille grace ; au contraire, que l'épée de
l'Ange de la mort puiffe s'en-
rouiller en votre faveur !.... Que
les Sultanes font infenfées ! dit
Goulfaba en interrompant l'I-
man, de vouloir mourir, parce
qu'elles ont perdu leur époux ;
il y a long-tems que mon fils &
moi nous avons pris notre parti
là - deffus, & malgré tout ce
qu'elles ont pris la peine de nous
repréfenter à ce fujet, nous fen-
tons que fans notre union avec
Ildiz & Maffoud, il n'y a pas
pour nous de véritable félicité,
& rien n'eft capable de nous détourner de notre réfolution. Et

bien donc, reprit alors Cothrob,
puisque sans vouloir réfléchir sur
la bassesse de vos sentimens,
vous persistez l'un & l'autre dans
votre aveuglement, ouvrons le
Testament du Sultan votre époux,
& éxécutons ses volontés à mesure qu'elles nous seront connues;
c'est l'ordre secret que j'ai reçu
de lui, lorsqu'il le déposa entre
mes mains. Je vous en prie, repliqua vivement Goulsaba. Comme les quatre mois nous ont paru
d'une longueur extrême, nous
souhaitons ce moment avec une
impatience extraordinaire. Je vais
la satisfaire, dit l'Iman; alors
ayant montré aux Sultanes que le
cachet du Sultan étoit bien en-
tier, il ouvrit le paquet, & y lut
ce qui suit.

*Notre saint Prophete, (que son
nom soit à jamais glorifié, & que
sa Religion s'étende depuis Caf jusqu'à Caf,) m'a revelé avant que*

de me féparer de vous, mes cheres
Sultanes, une partie de ce qui ar-
rivera dans ce Serail. Le Sultan
d'Ormuz doit s'y rendre ; fon amour
pour la Princeffe Acfou ma fille eft
approuvé par l'Envoyé de Dieu ;
qu'ils foient unis enfemble dans le
moment, & que ce Monarque (a)
rompe le voile dont elle eft couverte.

Approchez, Seigneur, dit alors
Cothrob au Prince Cazan-Can,
& recevez de ma main la Princeffe qu'Oguz vous donne pour
époufe ; fi la pudeur ne lui a pas
permis jufqu'à préfent de vous
faire connoître tout ce qu'elle
reffentoit pour un auffi grand
Monarque, elle peut aujourd'hui
fans rougir, avoüer que votre
perfonne lui eft extrêmement
chere.

_____

(a) Cette expreffion eft orientale, & veut-
dire, qu'il jouiffe de tous les Droits que le
Mariage lui donne fur cette Princeffe.

Cazan-Can étoit si ému, qu'il croyoit avec les autres Princes, que tout ce qui se passoit en ce moment, étoit l'effet d'un rêve plutôt qu'une réalité, mais l'Iman qui lisoit au fond de son ame, le tira bien-tôt de cette erreur. Ce n'est point une illusion comme vous le pensez, Seigneur, lui dit-il, vous allez véritablement devenir l'époux de la Princesse de Guzarate, si vous le voulez être. Si je le veux ! s'écria Cazan-Can ? Ah! sage Vieillard, vous connoissez assez toute la violence de mon amour, & vous n'ignorez pas que je mourrois de douleur si l'adorable Acsou y avoit la moindre repugnance; loin d'en avoir, Seigneur, reprit - elle modestement, j'ose vous assurer que je n'aurois jamais été heureuse, si les ordres du Sultan éton pere ne s'étoient pas trouvés m'accord avec les sentimens de mon cœur. Le Sultan d'Ormuz

fut

fut transporté de joie à une déclaration si naïve, il baisa respectueu-
sement la main de la Princesse, &
l'Iman après les avoir uni, ayant
fait connoître qu'il alloit continuer
la lecture du Testament d'Oguz,
il se fit un profond silence. *Mes
Sultanes (que le Tout-puissant les
regarde avec bonté) peuvent dès ce
moment joüir de la liberté que je
leur ai donnée de disposer d'elles-
mêmes ; je romps tous les liens qui les
attachoient à moi ; qu'elles songent
seulement à ne se point deshonorer
par un indigne choix ; si cependant
quelqu'une d'elles oublie qu'elle a
été l'épouse du Sultan de Guzarate,
que l'Iman la marie, & qu'elle sorte
sur le champ du Serail , pour ne pas
faire rougir les autres par sa présence.*

Goulsaba allant alors prendre
Massoud par la main : voilà le
Successeur que je donne au Sultan, dit-elle avec une effronterie
dont les quatre Sultanes furent

indignées ; je fais très-peu de cas de la morale d'Oguz ; comme je vais quitter ces triftes lieux, je ne feindrai point de dire que je m'y fuis toujours déplu, & que fi l'autorité du Sultan ne m'y avoit pas retenue, je n'y ferois jamais reftée de fon vivant, & encore moins après fa mort.

Les Sultanes étoient prêtes à faire à Goulfaba les reproches les plus fanglans, lorfque Cothrob les arrêtant : laiffez-la fe conten-ter, leur dit-il ; c'eft la punir fuffi-famment de permettre qu'elle fe deshonore elle-même ; alors il l'unit à Maffoud, enfuite il con-tinua de lire ainfi.

Schirin regnera après moi.... pour Bathal, attendu qu'il n'eft pas mon fils, mais bien celui d'un vil Muficien, je n'y prends aucun interêt.

A la lecture de cet article, les Sultanesfurent fi furprifes qu'elles

ne purent s'empêcher de témoigner leur étonnement. Bathal n'est
pas fils d'Oguz, s'écrierent-elles?
Et bien non il ne l'est pas, reprit
Goulsaba, sans témoigner aucune
pudeur de cet aveu ; j'avois un
amant avant que d'entrer au Serail, & j'étois déja enceinte quand
on me presenta à votre Sultan :
ainsi comme je puis seule disposer
de mon fils, & que je consens à
son hymen avec Ildiz , je prie
l'Iman de vouloir bien les unir
sur le champ.

Cothrob ayant éxécuté dans le
moment les intentions de Goul-
saba, comme nous sommes à présent tous contens , s'écria-t'elle ,
nous pouvons donc, mon fils &
moi , sortir de cette honorable
prison ? Rien ne vous en empêche, répondit l'Iman, si le Sultan
de Guzarate vous en donne la
permission ; je crois Schirin trop
raisonnable pour s'y opposer, re-

prit l'épouse de Massoud : nous
ne nous entendons pas, dit alors
Cothrob ; & comme nous appro-
chons du dénoüement de cette
histoire , vous allez voir celui
dont votre sort dépend encore ;
en ce moment la porte du Salon
qui donnoit dans la Mosquée
s'étant ouverte , l'on en vit sortir
le Sultan Oguz.

Il est impossible de bien représenter ce qui se passa alors dans le
cœur des Sultanes : si celui des
quatre anciennes qui s'évanoui-
rent d'abord à une vûe si peu espe-
rée , parut ensuite touché d'une
extrême joie de revoir ce qu'elles
prenoient pour l'ombre de leur
époux, Goulsaba en fut si émûe
& si étonnée , que peu s'en fallut
qu'elle ne mourût de frayeur :
pour Bathal , il resta comme une
Statue de marbre.

Sultanes, dit alors Oguz, je ne
suis pas encore entré dans l'abîme

du néant , j'ai voulu auparavant
connoître à fond l'interieur de vos
cœurs ; j'y suis parvenu par une
mort feinte , pendant laquelle aucune de vos actions, ni aucun de
vos discours ne m'est échappé :
voilà tout le mystere , l'Iman a
conduit le reste. Ces paroles qui
rappellerent les quatre Sultanes à
la vie qu'elles souhaitoient de
perdre il n'y avoit qu'un moment,
redoublerent l'effroi de Goulsaba.
Confuse au-delà de toute expres-
sion , elle fut quelque tems sans
faire aucun mouvement , ensuite
se jettant aux pieds du Sultan , elle
y demeura prosternée dans un
profond silence , & attendant
avec crainte la punition des inso-
lens discours qu'elle avoit tenues
au sujet d'Oguz. Relevez-vous ,
indigne Goulsaba, lui dit alors le
Sultan, & cessez de craindre pour
votre vie ; quoique votre lâche
conduite , & la maniere dont vous

vous êtes plusieurs fois exprimée
en parlant de moi, meritent la
mort, je ne veux pas foüiller mes
mains en verfant un fang auffi
abject que le vôtre ; oubliez feulement pour jamais, que vous
ayez eu l'honneur d'entrer dans
mon lit, & fuivez fans contrainte
le lâche penchant qui vous en-
traîne ; fille d'une femme publique, amante autrefois d'un Bala-
din, époufe aujourd'hui d'un
homme de la même profeffion,
allez exercer un métier qui vous
convient, pour lequel vous étiez
née, & finiffez vos jours infor-
tunés avec votre digne fils fur un
Trône de Théâtre, puifque vous
n'avez pas merité de les finir fur
celui de Guzarate. Vous, fage
Cothrob, dont je connois le pouvoir fans bornes, obligez - moi
d'éloigner pour toujours de mes
yeux des objets dont la préfence
me choque, m'irrite & me fait

rougir, & qu'avec la Troupe que vous avez renvoyée au Karaven-ferail, ils foient dans ce moment tranfportés fi loin, que je n'en entende jamais parler.

A peine Oguz eut achevé, qu'au grand étonnement des Spectateurs, Goulfaba, Maffoud, Ildiz & Bathal difparurent du Salon où ils étoient, & le Sultan s'étant tourné vers fes autres femmes : Adorables Sultanes, leur dit-il, en verfant des larmes qu'il ne pouvoit retenir, pardonnez les foibleffes que j'ai eu pour Goulfaba & pour fon fils ; qu'elles vous faffent connoître la mifere de l'homme, combien il eft fujet à fe tromper, & rendez-moi toute votre tendreffe, fi la conduite que j'ai tenue à votre égard a été capable de la diminuer. Nullement, Seigneur, reprit Gehernaz; je fuis caution pour les trois Sultanes, qu'elles & moi nous n'avons jamais ceffé un feul moment de vous aimer de l'amour le plus parfait ; plût au Ciel que le tems qui détruit tout, n'eût pas alteré fur nos vifages & fur nos perfonnes cette fraîcheur & cette beauté qui nous attiroient autrefois vos regards & vos foins ; & que pourvûes des graces les plus brillantes, nous euffions le bonheur de vous plaire, à quelqu'âge que vous puiffiez parvenir. Ah ! s'écria Oguz, cela n'eft pas neceffaire, belle Gehernaz ; depuis que mon aveuglement eft diffipé, & que j'ai recouvré l'ufage de ma raifon, vous me paroiffez toutes auffi aimables que le premier jour que je vous vis ; & je prie notre fouverain Prophete de me punir de la mort la plus miférable, fi jamais je vous fais la moindre infidelité. Pour vous, Sultan d'Ormuz, vous qui avez fi vifiblement éprouvé les bontés de l'Envoyé de Dieu, je

vous donne Acſou, avec d'autant
plus de plaiſir que le ſage Cothrob,
dont les lumieres pénétrent juſqu'au fond des cœurs, m'a aſſuré
qu'elle ſeroit parfaitement heu-
reuſe avec un auſſi puiſſant Monarque : à l'égard du Prince de
Viſapour & de ſon illuſtre épouſe,
je leur dois quelques excuſes de
les avoir retenu ſi long-tems dans
ces lieux, que le pouvoir immenſe
de Cothrob leur faiſoit paroître
enchantés ; quand ils ſouhaiteront
de prendre la route de Viſapour,
cet illuſtre Philoſophe, Neveu du
grand Alroamat , & qui après
avoir regné à la Chine, a quitté
ce Trône pour le remettre à ſes
enfans ; & pour jouir de lui-même, les fera tranſporter dans leurs
Etats.

Il n'y eut aucun des Princes &
des Princeſſes qui ne témoignât
au Sultan la part qu'il prenoit dans
l'événement préſent ; il reçut leurs

complimens avec toute la poli-
teffe imaginable; enfuite adreffant
la parole au Prince Schirin, après
l'avoir embraffé tendrement : mon
fils, lui dit-il, que mon exemple
vous rende fage ; apprenez qu'il
y a un âge où nous fommes prefque toujours les duppes de notre
amour propre, & que nous devons
ceffer de vouloir plaire quand le
tems nous a rendu d'une figure
qui n'eft plus aimable. Mais laif-
fons-là cette morale, & confa-
crons le refte de ce jour à la joie
& au plaifir que je reffens de voir
la Princeffe ma fille, époufe d'un
auffi grand Prince.

L'on fervit enfuite une fuperbe
collation, qui dura jufques bien
avant dans la nuit; & Cothrob
ayant été placé auprès des Sultanes, il leur fit préfenter, ainfi
qu'au Sultan, du Sorbet, com-
pofé avec de l'eau (a) d'une

(a) Dans les Voyages fameux du fieur

fontaine dont lui seul avoit la connoiſſance & ſçavoit la proprieté. A peine en eurent-elles bû, que ſe regardant l'une l'autre, & jettant les yeux ſur Oguz, elles

---

Vincent le Blanc Marſeillois, Partie 3 folio 73. en parlant de la Floride découverte en 1496. par Sebaſtien Cabot, Pilote du Roi d'Angleterre, voici ce que dit ce Voyageur. *Seulement je raconterai une merveille de ce Pays, atteſtée par le Juriſconſulte Ayllon, le Licentié Figueroa, & autres Eſpagnols de qualité, d'une fontaine de Jouvence, dont l'eau étant buë, non-ſeulement remet les malades en ſanté, mais même rajeunit les vieilles gens, & repare les forces & la vigueur perduë, comme ils en rapportent pluſieurs exemples.*

La découverte de cette Iſle, ſelon Noblot, Tome 5. folio 517. de ſa Géographie univerſelle, n'eſt point attribuée à Cabot, mais bien à Jean Ponce de Leon, lequel trouva la Floride, ainſi nommée, parce qu'elle étoit toute couverte d'herbes & de fleurs, en cherchant inutilement pendant ſix mois une Fontaine qu'on diſoit être dans *l'Iſle Boſuque*, dont, ſelon le bruit qui courut alors, l'eau rajeuniſſoit ; d'autres croyent que ce fut Ferdinand Soto qui découvrit cette Iſle.

Il y a apparence que c'eſt de l'eau de cette fontaine que Cothrob fit boire au Sultan de Guzarate & aux quatre Sultanes.

resterentimmobilesd'étonnement;
ne beauté mâle ornoit le visage
du Sultan; il se sentit tout diffe-
rent de ce qu'il étoit, il n'y avoit
que quelques momens; avec toutes les graces de la jeunesse, il vit
renaître en lui la force & la vigueur d'un homme de trente ans
au plus, & les Sultanes se retrou-
verent dans le même degré de
beauté & de perfection, dont elles
jouissoient lorsqu'elles avoient
épousé le Sultan de Guzarate:
leur surprise fut si grande, qu'elles
furent quelque tems sans en pouvoir marquer leur reconnoissance
à l'Iman; mais enfin revenant de
leur étonnement: Sage vieillard,
lui dirent-elles, ce n'étoit pas
assez faire pour nous, de nous
rendre le cœur d'Oguz, vous
avez voulu mettre le comble à
vos bienfaits, en nous redonnant
tous les agrémens dont nous
avions besoin pour lui plaire, &

que le tems avoit effacé en nous ;
& pour faire que notre satisfaction
soit réciproque, vous faites jouir
le Sultan notre époux des mêmes
avantages ; que de graces n'avons-
nous pas à vous rendre ? Et comment pourrons-nous jamais nous
acquitter envers vous de pareils
bienfaits ? Belles Sultanes , reprit
Cothrob, je croirois n'avoir rien
fait , si après avoir défillé les yeux
d'Oguz fur le compte de Goulfaba & de Bathal , qui font actuel-
lement avec leur troupe aux Portes de Balfora , je n'avois pas rendu au Sultan & à vous , tous les
dons que dans votre jeuneffe vous
aviez reçu des mains de la nature ;
au lieu de vous faire boire de l'eau
de Jouvence , que ne m'a-t'il été
permis de vous faire goûter de
celle de la fontaine appellée
d'Holmat (a) , que le grand Mo-

(a) La fontaine d'Elie & celle de d'Holmat

narque d'Houlcarnein chercha en
vain, & de laquelle Khedher
ayant bu à longs traits, il devint
immortel ; mais Dieu ne veut accorder cette grace qu'à un très-
petit nombre de ses favoris ; nous
naissons tous pour mourir, & puis-

---

dans les Romans Orientaux est la même. Les
Sectateurs de Mahomet nomment ce Prophete Khedher, à cause de la durée immortelle
de sa vie, qui le maintient toujours dans un
état florissant au milieu d'un Paradis ou Jardin
élevé que l'on pouvoit prendre pour le Ciel
même, suivant un Poëte Turc qui parle ainsi :
Gardez-vous de croire que la terre soit votre
domicile, votre veritable demeure n'est autre
que le Ciel : efforcez-vous d'arriver par votre
vertu où est Elie, c'est dans ce Jardin élevé
que votre place est marquée. Au reste, cette
fontaine si célébrée dans les Romans Orientaux,
est située dans le Modhallam, c'est-à-dire, la
mer obscure & ténébreuse : c'est ainsi que les
Arabes appellent l'Ocean Atlantique, à cause,
dit on, que personne ne sçait ce qui est au delà.
Cependant l'Auteur des *Khiridat Al-Agiaib*,
assure que c'est dans cette region ténébreuse,
qu'il appelle d'Holmat, que se trouve cette
fontaine de vie qui procura l'immortalité à
Khedher, quoique la plûpart des Géographes
Orientaux placent cette fontaine dans l'Orient.
Bibliotheque Orientale, folio 491. & 593.

que le miroir d'Alexandre (a) a été rompu, nous ne devons pas nous flatter de l'immortalité que l'on croyoit accordée à cet ouvrage, auquel la fortune de la Ville d'Alexandrie étoit attachée. Faifons donc de bonnes œuvres pendant que nous jouiffons d'une vie paffa-

---

(a) Le Géographe Perfien, au climat troifiéme, parlant d'Alexandrie, où ce climat commence, dit que dans cette Ville, qu'Alexandre fit bâtir fur le bord de la Mer Mediterranée, ce grand Prince fit conftruire un Phare qui paffoit pour une des merveilles du monde ; que fa hauteur étoit de cent quatre-vingt coudées, au plus haut duquel il fit placer un miroir fait par art Talifmanique, & que la Ville d'Alexandrie devoit toujours conferver fa grandeur & fa puiffance tant que cet ouvrage merveilleux fubfifteroit. Quelques-uns ont écrit que les vaiffeaux qui arrivoient dans ce Port fe voyoient de fort loin dans ce miroir. Quoi qu'il en foit, il eft fort célébre chez les Orientaux, & un Poëte Turc décrivant la caducité des chofes du monde, dit : *Enfin le miroir d'Alexandre n'a-t'il pas été rompu ?* Ce qu'il y a de fingulier, c'eft qu'il ne s'eft brifé qu'un peu avant que les Arabes fe rendiffent maîtres de la Ville d'Alexandrie, ce qui arriva l'an 19. de l'Hegire, c'eft-à-dire, de la fuite de Mahomet.

gere ; elle nous doit conduire à
une autre , dans laquelle le Prophete nous promet des délices ,
de la vûe defquels Abderaïm a
joui pendant un tems fi confidé-
rable ; & ce qu'il vous en a rap-
porté , doit nous exciter tous à
meriter par notre attachement à
fa Loi , d'être admis dans ce féjour des bienheureux.

Le Sultan ayant à fon tour témoigné à Cothrob , combien il
étoit fenfible à fes bontés , crut
devoir lui parler ainfi : Si je ne
connoiffois pas le cœur de Schirin ,
je m'imaginerois que la fituation
où je me trouve en ce moment ,
lui feroit de la peine ; l'âge où
j'étois , pouvoit faire croire à tout
autre qu'à lui qu'il ne feroit pas
long-tems à monter fur le Trône
de Guzarate ; ma mort même ,
qu'il avoit lieu de croire certaine,
lui avoit déja donné fur cet Empire

pire un droit que je ne lui ôte
qu'à regret; mais, illuftre Cothrob,
fi en me rendant tous les avantages de la jeuneffe, vous avez
paru reculer fes efpérances, je
crois que vous ne défaprouverez
pas que je les raproche en l'affociant au Trône ; je déclare donc
que je veux dès aujourd'hui partager avec lui l'Empire de Guzarate. Ah! Seigneur, s'écria Schirin, en fe jettant aux pieds du
Sultan, ne croyez pas que féduit
par l'impatience de regner, je
reffente le moindre chagrin de
vous voir en l'état où vous êtes à
préfent. Que le Ciel lance fur moi
fes foudres, fi j'ai jamais eu des
penfées auffi criminelles; & pour
vous en bien convaincre, permettez qu'en reftant votre premier
fujet, je vous donne par mon refpect, ma foumiffion & mon
obéiffance des preuves convain-

quantes du peu d'empreſſement
que j'ai de regner... Non, mon fils,
reprit Oguz en l'interrompant ,
je ne vous accorderai pas cette
demande ; je ſuis ſi perſuadé de
la bonté de votre cœur, que je
veux abſolument vous aſſocier à
l'Empire. Levez-vous donc, il ne
convient pas qu'un Sultan ſoit
dans la poſture où vous êtes, &
obéiſſez-moi ſans replique pour
la derniere fois.

Schirin à ce nouvel ordre ſe
leva, & après avoir baiſé reſpec-
tueuſement la main d'Oguz, ce
bon pere l'embraſſa tendrement,
& pria Cothrob de faire ſçavoir à
ſes ſujets, la dignité à laquelle il
venoit d'élever le Prince.

L'Iman ayant dans le moment
donné ſes ordres au premier Viſir,
pour qu'ils fuſſent publiés le lendemain, on ne peut concevoir
quel plaiſir reſſentit tout le peuple

de Cambaye à cette nouvelle ; il
la témoigna par mille cris de joie ;
& tous les Princes après avoir été
témoins pendant près d'un mois
des Fêtes qui furent ordonnées à
ce sujet, & pendant tout ce tems
avoir marqué au Sultan de Guzarate, & à Cothrob dans toutes les
occasions, combien ils étoient
reconnoissans de leurs bontés,
ayant fait connoître au dernier,
que leur présence pouvoit être
necessaire dans leurs Etats.

Ce grand homme n'eut pas
plutôt ordonné aux génies soumis à son pouvoir de se charger
de leur conduite, qu'ils furent
dans le moment transportés,
Cothbedin & Canzadé à Visa-
pour ; Abderaïm & Zarat-Alriadh à Carizme ; Zem-Alza-
man & Zendehroud à Kasgar ;
& Cazan-Can, Acfou, Karabag,
Albaert, Gulendam, & Aboul-

Affam à Ormuz, & chacun d'eux avec leurs époufes, ainfi qu'Oguz avec les quatre Sultanes, pafferent jufqu'à une extrême vieilleffe, des jours heureux & dignes d'envie.

F I N.

APPROBATION.

J'Ai lû par ordre de Monseigneur le Garde des *Sceaux.* un Manuscrit intitulé *Contes Mogols, &c.* & j'ai cru qu'on les liroit avec autant de plaisir que ceux que l'Auteur a déja donnés au Public. Fait à Paris ce 9 Novembre 1731.

DE BEAUCHAMPS.

PRIVILEGE DU ROY.

LOUIS, par la grace de Dieu, Roy de France & de Navarre : A nos amés & féaux Conseillers les Gens tenans nos Cours de Parlement, Maîtres des Requètes ordinaires de notre Hôtel, Grand Conseil, Prevôt de Paris, Baillifs, Sénéchaux, leurs Lieutenans Civils, & autres nos Justiciers qu'il appartiendra, SALUT. Notre bien amé PIERRE PRAULT, Libraire & Imprimeur à Paris, Nous ayant fait remontrer qu'il lui auroit été mis en main un Ouvrage qui a pour titre, *Les Sultanes de Guzarate, ou les Songes des Hommes éveillés, Contes Mogols, Tartares & Chinois, par le Sieur G***. Histoire de Celenie, par Me Levesque,* s'il Nous plaisoit lui accorder nos Lettres de Privilege sur ce necessaires, offrant pour cet effet de les faire imprimer en bon papier & beaux caracteres, suivans la

feüille imprimée & attachée pour modele fous
le contre-fcel des Prefentes : A CES CAUSES,
voulant traiter favorablement ledit Expofant,
Nous lui avons permis & permettons par ces
Prefentes, de faire imprimer lefdits Livres ci-
deffus fpecifiés, en un ou plufieurs volumes,
conjointement ou féparément, & autant de
fois que bon lui femblera, fur papier & caracteres conformes à ladite feüille imprimée & attachée fous notredit contre-fcel, & de les vendre,
faire vendre & débiter par tout notre Royaume
pendant le tems de fix années confecutives, à
compter du jour de la date defdites Prefentes :
Faifons défenfes à toutes fortes de perfonnes
de quelque qualité & condition qu'elles foient,
d'en introduire d'impreffion étrangere dans
aucun lieu de notre obéiffance ; comme auffi
à tous Libraires, Imprimeurs & autres, d'imprimer, faire imprimer, vendre, faire vendre,
débiter ni contrefaire lefdits Livres ci-deffus
expofés, en tout ni en partie, ni d'en faire
aucuns extraits fous quelque prétexte que ce
foit, d'augmentation, correction, changement
de titre ou autrement fans la permiffion ex-
preffe & par écrit dudit Expofant, ou de ceux
qui auront droit de lui, à peine de confifcation
des Exemplaires contrefaits, de quinze cens
livres d'amende contre chacun des Contreve-
nans, dont un tiers à Nous, un tiers à l'Hôtel-
Dieu de Paris, l'autre tiers audit Expofant, &
de tous dépens, dommages & interêts : A la
charge que ces Prefentes feront enregiftrées
toût au long fur le Regiftre de la Communauté
des Libraires & Imprimeurs de Paris, dans trois

mois de la date d'icelles , que l'impression
desdits Livres sera faite dans notre Royaume
& non ailleurs ; & que l'Impetrant se confor-
mera en tout aux Reglemens de la Librairie,
& notamment à celui du 10 Avril 1725. &
qu'avant que de les exposer en vente, le Manuscrit ou Imprimé qui aura servi de copie à
l'impression desdits Livres, sera remis dans le
même état où l'Approbation y aura été donnée,
ès mains de notre très cher & féal Chevalier,
Garde des Sceaux de France , le Sieur Chau-
velin, & qu'il en sera ensuite remis deux Exemplaires dans notre Bibliothèque publique , un
dans celle de notre Château du Louvre , & un
dans celle de notre très-cher & féal Chevalier,
Garde des Sceaux de France , le Sieur Chau-
velin ; le tout à peine de nullité des Presentes :
Du contenu desquelles vous mandons & enjoi-
gnons de faire jouir l'Exposant ou ses ayans-
causes, pleinement & paisiblement, sans souffrir
qu'il leur soit fait aucun trouble ou empêchement. Voulons que la copie desdites Presentes,
qui sera imprimée tout au long au commencement ou à la fin desdits Livres, soit tenue pour
dûëment signifiée , & qu'aux copies collation-
nées par l'un de nos amés & féaux Conseillers
& Secretaires , foi soit ajoutée comme à l'ori-
ginal. Commandons au premier notre Huissier
ou Sergent de faire pour l'exécution d'icelles,
tous actes requis & nécessaires, sans demander
autre permission, & nonobstant clameur deHaro,
Charte Normande & Lettres à ce contraires :
CAR tel est notre plaisir. DONNE' à Paris
le premier jour du mois de May , l'an de grace

mil sept cens trente-deux, & de notre Regne
le dix-septiéme. Par le Roy en son Conseil.
Signé SAINSON.

*Regiſtré ſur le Regiſtre VIII. de la Chambre
Royale des Libraires & Imprimeurs de Paris,
Nᵒ. 153. folio 336. conformément aux anciens
Reglemens, confirmés par celui du 28 Février
1723. A Paris le 2 May 1732. Signé P. A.
LB. MARCIER, Syndic.*

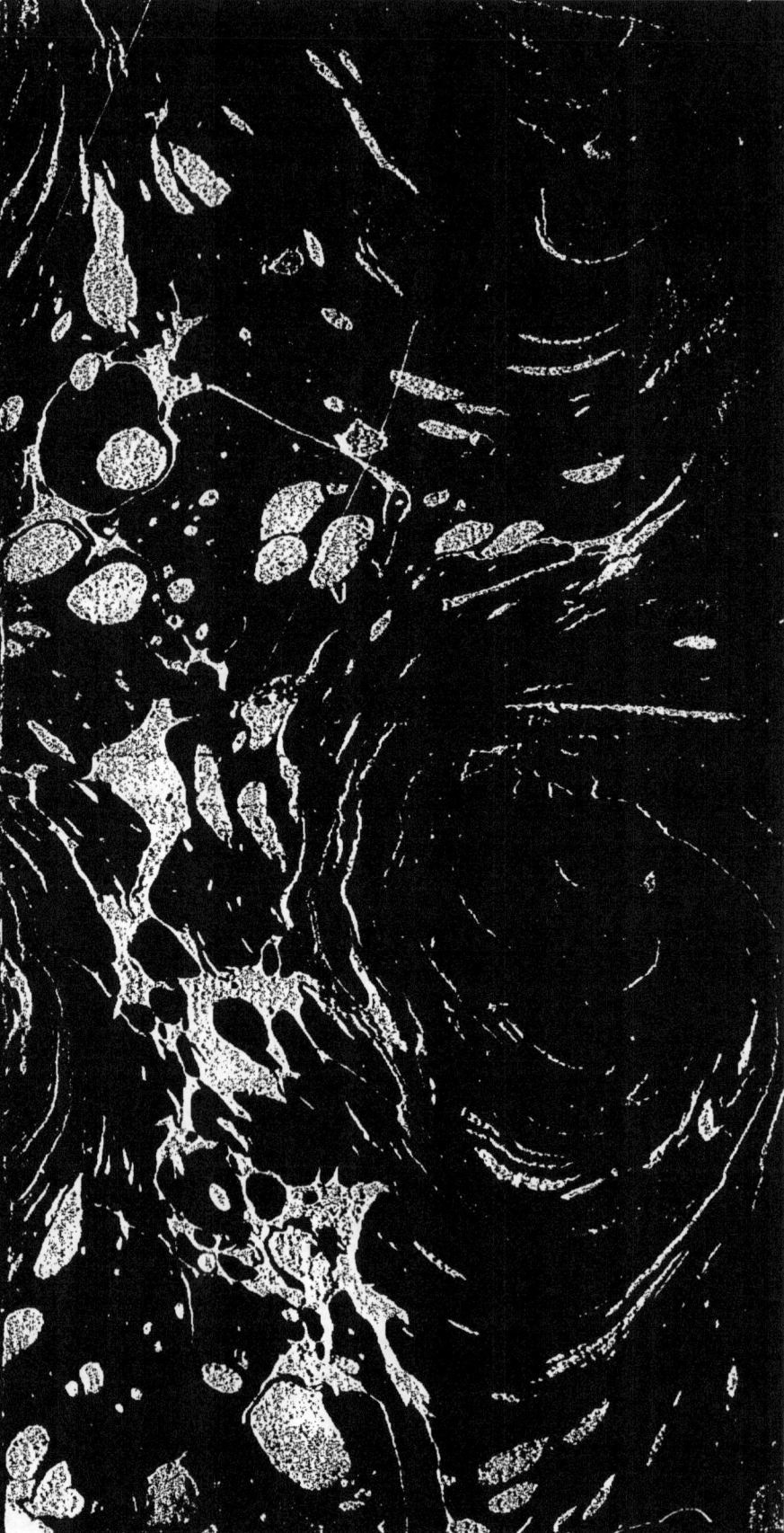

www.ingramcontent.com/pod-product-compliance
Lightning Source LLC
Chambersburg PA
CBHW050321030726
47505CB00003B/800